Service après-mort

DU MÊME AUTEUR

AUX ÉDITIONS HÉLOÏSE D'ORMESSON

Le Portable, 2023.

Christophe Wojcik
Service après-mort

Éditions Héloïse d'Ormesson

Roman

ISBN 978-2-35087-923-9

Éditions Héloïse d'Ormesson
92 avenue de France, 75013 Paris
www.editions-heloisedormesson.com

Il me faudra mourir et mourir encore
pour savoir que la vie est inépuisable.

Rabindranath Tagore, *Les Oiseaux de passage*

/ 1 /

La formule malheureuse. Angoisse sourde de tout ministre cramponné à son ministère, craintif d'être sottement remercié pour le propos qui dépasse sa pensée, la phrase sortie de son contexte. Journalistes mal intentionnés, réseaux sociaux déchaînés, excuses publiques compassées. Hélas, il est déjà trop tard, haro sur la bête, démission inévitable, fin du bal : au suivant.

Mon ministre n'était ni mieux ni pire que ses camarades de jeu, tremblant comme les autres à l'idée du dérapage fatal, du mot de trop. Alors, il pesait et soupesait, bordait et surbordait. J'avais été précisément recruté pour cela, auréolé de mes diplômes obtenus dans les plus grandes écoles, viviers de beaux parleurs, et de quelques années consacrées à conseiller des hommes politiques avides d'accéder aux plus hautes fonctions, non sans succès.

Je l'avais aidé, lui parmi d'autres, à être ce qu'il était devenu. Nommé au gouvernement, il m'avait aussitôt confié une mission essentielle : le mettre à l'abri lors de chacune de ses sorties publiques, l'installer dans le confort du verbe maîtrisé. Globalement exaltante, ma tâche consistait à identifier la nature précise de sa prochaine prise de parole (discours, réunion de travail, interview...), le profil de l'auditoire et l'objectif attendu. Collecter alors les informations nécessaires auprès des directeurs de l'administration ou, parfois, de mes collègues conseillers techniques au cabinet. Puis en faire ce qu'on appelle pompeusement des « éléments de langage » (EDL dans le jargon), expression assez élégante pour laisser croire que l'orateur dispose de marges de manœuvre à partir de quelques mots-clés. Marges de manœuvre, mon œil, tout est prêt à l'emploi, chronométré, formaté, des phrases sous contrôle, jusqu'aux virgules qui les ponctuent.

La plume du ministre. Un antidote contre la formule malheureuse, donc, auprès de n'importe lequel de ses interlocuteurs. À l'exception de moi-même. Avec moi, il pouvait oser sans rien risquer. J'étais sa soupape, son exutoire, le réceptacle de ses trivialités – *comment je les ai enfumés, quel petit merdeux ce député, je me taperais bien une entrecôte, mais quelle bande de cons !* Du moins le croyait-il, autant que je le croyais, jusqu'à ce soir d'octobre où nous revenions ensemble d'une cérémonie au cours de laquelle il avait particulièrement brillé. Officier de protection aux côtés du chauffeur. Lui et moi à l'arrière. La berline filait vers Matignon pour une réunion au sommet…

« C'était réussi, non ?

– Très, monsieur le ministre.

– À faire pleurer dans les chaumières !

– Les circonstances y étaient propices.

– N'empêche. Vous avez vu à quel point l'assistance était émue, y compris ce gros lourd de préfet de police ? Moi-même, j'étais à deux doigts de verser une larme en m'écoutant parler ! Vous avez touché juste.

– Il le fallait. Vous portiez tout de même la parole présidentielle aux obsèques d'un agent des forces de l'ordre, tué dans l'exercice de ses fonctions qui plus est.

– En tout cas, on a marqué des points. En politique, même la mort est un filon… Mes compliments, mon cher !

– Merci, monsieur le ministre.

– Une bête à chagrin ! C'est vraiment là que vous êtes le plus fort… »

Je n'avais pas réalisé sur le coup. C'est seulement en rentrant chez moi, peu après minuit, que je compris combien la formule était malheureuse, en effet. Pour mon ministre en tout cas. Puisqu'il venait de me perdre.

« C'est vraiment là que vous êtes le plus fort » tournait en boucle dans ma tête, tandis que mon esprit exalté échafaudait déjà les plans de mon changement radical de destinée.

/ 2 /

« Dans la vie, il y a les gagnants et les perdants. Les gagnants font leur trou. Les perdants creusent leur tombe. Moi, j'ai décidé de ne pas choisir : j'ai fait mon trou en creusant des tombes. Eh oui, il en faut bien !

– Naturellement… »

Deux jours à peine après avoir présenté ma démission, j'étais reçu par Franck dans son bureau de grand patron. Des travaux pratiques réalisés en binôme, quelques parties de tennis et une bonne dose de beuveries mémorables nous avaient rapprochés durant nos années HEC. J'avais ensuite bifurqué vers les sciences politiques, lui avait suivi la voie toute tracée du business qui rapporte. Il avait ça dans le sang.

Situé en face du cimetière du Père-Lachaise (hasard ?), le siège social où il m'accueillit était d'une sobriété saisissante. Pas de décoration, pas de couleurs, une lumière diffuse, des murs aux teintes blafardes et des collaborateurs assortis, des moquettes épaisses pour étouffer les pas. Sans doute la profession exigeait-elle de créer cette ambiance pour ainsi dire morbide : Franck dirigeait une entreprise de pompes funèbres, et pas n'importe laquelle, le leader national dans son secteur. J'avais devant moi l'empereur des mises en bière. Le premier des croque-morts, en somme.

« Je suis content de te revoir, ça me fait plaisir.

– Moi aussi, Franck.

– Donc comme ça, tu as un projet ?

– Peut-être. Je vais t'en parler. Mais d'abord, raconte un peu. Les affaires sont-elles bonnes ?

– Pas mauvaises. La pyramide des âges ne nous est pas défavorable… Six cent mille décès en France par an. Nous détenons près du tiers du marché. Je ne te fais pas un dessin.

– Explique-moi un peu, s'il te plaît.

– Que veux-tu savoir, au juste ?

– Ce que tu voudras bien me dire. Comment ça marche, la nature des prestations, les services que vous proposez… On ne meurt qu'une fois. Mais je suppose qu'il existe des dizaines de formules d'obsèques possibles, non ?

– Tu n'as jamais eu à t'en occuper pour un parent proche ?

– Non, jamais.

– OK, on part de zéro ?

– On part de zéro… »

Alors, il m'expliqua. Dans le détail. Abordant la question avec une forme de distance froide qu'il se crut obligé de justifier d'emblée : « La compassion, oui ; l'émotion, non. C'est le domaine réservé des familles et des proches, nous n'avons pas à nous y immiscer. » Insistant ensuite sur l'extrême sensibilité d'un métier pas tout à fait comme les autres : « À circonstances exceptionnelles, niveau d'exigence exceptionnel. On peut rater sa vie ; mais on ne rate jamais ses obsèques. » Discours bien rodé, dialectique maîtrisée, mais bon, je n'étais pas exactement venu pour ça.

Enfin, il se décida à évoquer des aspects plus terre à terre, ceux qui m'intéressaient vraiment. Le cœur du métier. Un métier très encadré par la législation en vigueur, qui impose deux prestations obligatoires. La première, relative au contenant : un cercueil de vingt-deux millimètres d'épaisseur pour une inhumation, équipé d'une plaque d'identité, de quatre poignées et d'une garniture étanche et biodégradable (plus l'urne cinéraire en cas de crémation). La seconde, portant sur l'organisation du dernier voyage, que ce soit avant ou après la mise en bière : dans un véhicule de transport (« corbillard ») qui doit être agréé. Et c'est tout. Toutes les autres prestations sont facultatives. Franck m'en dressa la liste exhaustive : démarches administratives fastidieuses, coussin et capiton dans le cercueil, conservation du corps jusqu'aux obsèques, toilette et habillage, annonce nécrologique, registre de condoléances puis les cartes de remerciements, le personnel mobilisé dont les porteurs, les fleurs et les couronnes, le creusement d'une fosse ou le tampon de fermeture du caveau…

« Nous ne forçons aucune vente, comme tu peux l'imaginer. Mais nous offrons un éventail de services le plus large possible pour accompagner les familles.

– Et pour les funérailles ? La cérémonie en soi. Je présume que là aussi, vous accompagnez.

– Tu as raison. Le sujet est sensible. C'est même le plus sensible de tous. Si la cérémonie est religieuse, nous passons la main. Dans le cas d'une cérémonie civile, c'est-à-dire au funérarium ou au crématorium, nous désignons un maître de cérémonie. Il fixe les modalités avec les proches, leur propose un déroulement. En général, c'est toujours le même : un accueil, un temps d'évocation du parcours de vie du défunt, un temps d'écoute pour les musiques et les textes, le geste d'adieu, la conclusion.

– Les textes, justement. Vous faites comment ?

– Comme pour les musiques. Un catalogue de morceaux choisis parmi l'œuvre féconde d'écrivains qui évoquent le sens de la vie, notre passage sur terre, la trace que nous y laissons. Des poètes, aussi. Ceux qui prendront la parole piochent dedans. Ils ont l'embarras du choix, le catalogue est épais. Parfois, ils préfèrent se fendre de leur propre composition. Mais c'est plus risqué et du coup moins fréquent.

– Et c'est tout ? Rien d'autre ?

– Qu'entends-tu par là ?

– J'entends par là que vous vous limitez à la présentation d'un catalogue de textes impersonnels ?

– Oui.

– Dans ce cas, je crois que mon projet va te plaire... »

Tout émoustillé par mon idée, Franck m'invita à déjeuner. Nous fîmes affaire à l'heure du café.

« Je résume. On expérimente sur une zone de chalandise restreinte, la région Île-de-France dans un premier temps. On teste pendant six mois. Si ça marche, on étend au territoire national. Sinon, tant pis, on aura essayé ! On y va comme ça ?

– On y va comme ça, Franck. Dès demain, je dépose mes statuts de travailleur indépendant. Tu me rémunères à l'acte. Si ça fait un bide, tu ne me dois rien. Si ça fait un tabac, tu y gagnes, j'y gagne, on est gagnants.

– J'y crois vraiment à ton truc. Comme toute bonne idée, on se demande pourquoi on ne l'a pas eue plus tôt.

– On aurait pu ne pas l'avoir eue du tout. Merci de ta confiance, en tout cas.

– Il va falloir que je briefe les maîtres de cérémonie sur cette nouvelle prestation. Je vais leur envoyer un mémo.

– Je peux te préparer des EDL, si tu veux.
– Des quoi ?
– Pardon. Des éléments de langage. »
Franck les reçut dès la fin d'après-midi, sous forme d'un mail où je ne manquai pas de lui renouveler au préalable mes remerciements appuyés :

À l'attention de Mesdames et Messieurs les maîtres de cérémonie de la région Île-de-France.

Vous voudrez bien intégrer une nouvelle prestation facultative dans notre offre de service, sous l'intitulé : *Éloge personnalisé*.

Elle consistera à proposer, de manière systématique, la mise à disposition pour la famille du défunt d'un texte composé par un rédacteur expert dans la production d'éloges funèbres.

En cas d'accord, vous transmettrez les coordonnées de l'orateur désigné par la famille à notre rédacteur qui le contactera par téléphone, sous 24 heures. Au cours de cet entretien de quelques minutes, il recueillera toutes les informations utiles à la composition de ce discours, selon les souhaits exprimés par celui qui le prononcera.

Vous mettrez l'accent sur les avantages de cette prestation qui, dans ces pénibles circonstances, soulage la famille endeuillée d'une tâche délicate, tout en lui permettant de disposer d'un texte émouvant qui marquera les esprits et les cœurs, car à la fois très personnel, original, de grande qualité et de haute tenue.

Vous ne manquerez pas de préciser que l'acceptation de ce texte vaudra transfert de sa propriété intellectuelle à celui qui en donnera lecture lors de la cérémonie. À l'inverse, son refus ne donnera lieu à aucune facturation supplémentaire de notre part, à la condition de respecter l'engagement de ne pas en faire usage.

Vous trouverez ci-joint les coordonnées de notre rédacteur, ainsi que les tarifs de la prestation, établis en fonction de la durée du discours. La rédaction de plusieurs éloges complémentaires, prononcés par différents orateurs, est bien entendu envisageable, dès lors que vos interlocuteurs en manifesteraient la volonté.

Franck me répondit que cette formulation lui convenait parfaitement et qu'il transférait le message dès ce soir à ses destinataires, non sans avoir ajouté la mention : « Pour mise en œuvre immédiate. »

Le principe d'incertitude règne en maître absolu dans un cabinet ministériel. Ce qu'on prévoit arrive rarement ; ce qu'on ne prévoit pas est toujours possible. On ne sait pas de quoi demain sera fait et sans doute est-ce l'une des raisons qui, précisément, nous régale de délicieux frissons dans le dos.

Je n'ai jamais eu peur de l'inconnu. J'aime, par tempérament, travailler dans l'urgence.

Mais tout de même, à ce point-là…

/ 3 /

Mes quatre grands-parents, il y a fort longtemps, quelques oncles et tantes auxquels je n'étais pas spécialement attaché, des parents d'amis plus ou moins proches, et c'était à peu près tout. J'avais jusqu'à présent été assez peu confronté à la mort, du moins en première ligne, et certainement pas au cérémonial afférent. Les heures qui suivirent, nuit blanche incluse, furent consacrées à la mise en condition nécessaire si je voulais passer pour le « rédacteur expert dans la production d'éloges funèbres » annoncé. En vérité, ce n'est pas tant la rédaction qui m'effrayait que le contact direct avec les personnes frappées par le deuil, fût-ce par téléphone.

Les premiers mots à prononcer pour présenter mes condoléances en termes choisis, la formulation des questions grâce auxquelles je pourrais mieux cerner les attentes, dresser le portrait du défunt et choisir des angles pertinents, les intonations de ma voix pour paraître compatissant sans sombrer dans la commisération… J'étais fin prêt. Anxieux néanmoins, car impatient de savoir si des maîtres de cérémonie allaient me contacter.

Mon inquiétude était vaine. Les mails, les textos et les appels fusèrent dès le lendemain.

Rappeler mes premiers clients, donc. L'exercice ne fut pas aussi périlleux que je le craignais. En réalité, je n'avais pas grand-chose à faire, sinon les écouter et prendre des notes. Une simple suggestion de ma part, les invitant à me dire ce qu'ils voudraient bien sur le défunt, suffisait à libérer la parole – fût-elle entrecoupée de sanglots ou de bruits de nez mouché. Évoquer l'être cher leur faisait manifestement du bien, *a fortiori* auprès d'un inconnu qui en ignorait tout : ils pouvaient laisser de côté leur pudeur ou leurs appréhensions. Ils n'avaient même pas à affronter un regard… Des aveux permis par la distance, paradoxalement, et dont les vertus apaisantes les délestaient d'un poids.

J'en tirais tous les renseignements utiles, à la fois sur la personnalité du mort et la tonalité du discours à écrire. La plupart du temps, le plus compliqué pour moi était d'inviter mon interlocuteur, avec délicatesse, à mettre un terme à la conversation. Absorbé par ma prise de notes, j'étais rarement rattrapé par des émotions qui auraient pu nuire à mon efficacité. C'est seulement après avoir raccroché que les digues cédaient, parfois. Besoin de quelques minutes pour m'en remettre... Mais mon travail n'était pas terminé. Il ne faisait même que commencer. Ouvrir mon ordinateur. Créer un fichier. Relire mes notes. Y puiser l'inspiration. Structurer ma pensée. La retranscrire sur l'écran...

Des mots qui font des phrases qui font des textes qui font pleurer.

Je compris vite que j'allais devoir faire preuve de rigueur, de méthode et d'un sens de l'organisation hors pair si je voulais tenir la cadence face à la demande. Impossible de répondre à toutes les sollicitations, dans le respect des délais, sans mécaniser pour partie ma tâche.

Je parvins, dans la douleur, à trouver la parade. Au terme d'une semaine d'apprentissage et de tâtonnement, je donnais naissance à la plus réussie de mes œuvres funèbres, compagne désormais inséparable, indissociablement liée à mes travaux : l'arbre de vie. Une arborescence complexe, dessinée sur un grand tableau d'écolier fixé sur le mur, à côté de mon bureau. Trois branches principales : travail, famille et loisirs, depuis lesquelles poussaient d'autres branches, puis leurs ramifications, jusqu'à aboutir à des typologies d'individus. De « travail », par exemple, partaient les branches « chef d'entreprise – indépendant – salarié » ; la catégorie « chef d'entreprise » s'éclatait en

« agriculture – industrie – services ». Au bout de chaque branche, je disposais ainsi d'un profil affiné.

Pour chacun de ces profils, je construisis des expressions et des formules toutes faites, poignantes, flatteuses, emphatiques à souhait. Il me suffisait alors de piocher dedans comme dans les pièces d'un puzzle à assembler, puis de les enrober de quelques effets de style et d'habiles transitions. Le tour était joué. Mon discours était quasi rédigé…

Il me fallut encore du temps pour peaufiner l'œuvre, l'enrichir, l'amender. Mais j'étais solidement équipé. Mon outil de travail fonctionnait à merveille, quelles que soient la profession exercée, la situation familiale ou les activités pratiquées. Toutes les lignes de vie de toutes les catégories de morts à peu près imaginables affichées sous mes yeux, en libre-service. Autant d'histoires que de combinaisons possibles. Il ne me restait plus qu'à procéder aux extractions qui correspondaient le mieux à telle ou telle biographie et à les juxtaposer dans un ordre cohérent, en veillant à personnaliser les passages qui l'exigeaient et à soigner les transitions…

Dans l'ensemble, j'avoue que j'étais assez satisfait du résultat.

/ 4 /

Six mois que ça dure, à fond les manettes, rythme de travail effréné. Des journées intenses, productrices de dithyrambes appréciés par ceux qui les lisent, à en juger par les messages de félicitations qu'ils m'adressent. Par ceux que je reçois de leur auditoire aussi. Souvent, j'ai voulu vérifier *in situ*, en assistant aux obsèques, quidam parmi la foule des parents et des proches. Émotion palpable, effet garanti. Succès au rendez-vous. À défaut d'applaudimètre, la quantité de larmes versées et de mouchoirs tirés du sac l'attestait.

J'ai progressé sur tous les registres, justesse et sensibilité, étendue du vocabulaire et précision des tournures, automatismes et vitesse d'exécution. Mon rendement a considérablement augmenté. Je suis désormais capable de pondre jusqu'à une dizaine de topos par jour. Du coup, j'ai accepté d'étendre ma clientèle à la France tout entière.

Franck est aux anges. Il ne tarit pas d'éloges. Moi non plus, prosaïquement.

Je bénis chaque jour mon ex-ministre de m'avoir montré le chemin, même de manière involontaire. Il ne s'était pas trompé sur mes aptitudes. Pas trompé non plus lorsqu'il m'avait expliqué que « la mort est un filon ». Ce n'est pas moi qui le démentirais.

Je ne suis pas parvenu à qualifier ma profession en l'affublant de l'appellation idoine. Apologiste des défunts ? Compositeur des morts ? Conteur posthume ? Prosateur nécrologique ? Glorificateur des trépassés ? Aucune ne me plaît vraiment. Qu'importe. J'adore mon métier-sans-nom. Il sert de nobles causes. Il vient en aide à ceux qui sont dans la douleur, la peine, le chagrin. Je lui trouve de l'utilité et du sens. Je suis heureux de m'y épanouir et fier de l'exercer.

Je ne sais pas s'il y a une vie après la mort. Mais je sais qu'il y aura toujours, par la grâce de mes mots, de jolies oraisons.

/ 5 /

En creux et en bosses, sans parler des catastrophes naturelles ou des guerres… Les décès sont comme les naissances et les mariages, les récoltes et les inondations, nos humeurs ou notre libido : saisonniers. En hausse sensible l'hiver, spécialement en janvier, mois fatidique entre tous pour cause de grippe et de grand froid. Avec un record annuel qui pointe presque toujours son nez dans la nuit du trente et un au premier. Beuveries, excès, accidents… Jeunes médecins inexpérimentés qui remplacent leurs aînés dans les hôpitaux… Les ingrédients sont réunis. Les foules exultent. La Camarde jubile…

La fête comme première cause de décès. Nos existences sont absurdes.

Plus on est de fous, plus on rit.

Et plus on meurt aussi.

Ces variations ne me privent pas de satisfaire toutes les demandes, pas plus que l'augmentation du nombre de sollicitations. De fait, ma productivité a crû au même rythme que les commandes. J'ai acquis une maîtrise telle que je suis capable d'écrire la plupart des discours dans des délais à peine supérieurs à ceux nécessaires pour les prononcer. L'extension de mon périmètre d'intervention n'est pas davantage un problème, au contraire : la distance entre les cérémonies réduit le risque de flagrant délit en cas d'éloges similaires. Or, je le concède, il m'arrive de céder à la tentation du copier-coller.

Un job original, des méthodes éprouvées, une rémunération substantielle et des clients satisfaits… Tout est pour le mieux dans le meilleur des mondes mortels. Ma petite entreprise se porte bien et je ne trouve que des avantages à avoir adopté le statut de travailleur indépendant. J'évolue dans mon élément. Je me suffis à moi-même. Je m'administre librement. Seul bémol : je ne peux m'accorder le moindre jour de repos, sauf à me mettre dans le rouge et à devoir cravacher pour remonter la pente du retard accumulé. L'embêtant avec les morts, c'est qu'ils ne prennent jamais de congés.

Le week-end écoulé n'a pas échappé à la règle. Le début de cette semaine sera lui aussi très studieux.

Premier cas à traiter, celui d'un homme âgé de soixante-quatre ans, décédé subitement d'une crise cardiaque, dont j'avais établi le *curriculum mortae* hier après-midi.

Première plongée matinale dans mes annotations : *physique imposant... apprécié de ses collaborateurs... grande famille avec maison accueillante... passion pour le rugby (pratiquant puis dirigeant)...*

Première consultation de mon arbre de vie. Terminaison 7 de la branche « travail » : *commerçant avec employés.* Terminaison 3 de la branche « famille » : *conjoint vivant – enfants et petits-enfants – présents, proches, aimants.* Terminaison 4 de la branche « loisirs » : *sport collectif – compétition.*

Le commanditaire était son meilleur ami. Il n'aime pas s'exprimer en public. Il souhaite un texte bref.

C'est bon. J'ai ce qu'il faut. Plus qu'à broder.

> Jean-Paul nous a quittés. Soudainement. Sans prévenir. Alors que nous venions de croiser son regard, d'échanger un sourire, de partager un moment avec lui. Nous nous heurtons au mur de la douleur et de l'incompréhension face à cette disparition à laquelle nous n'étions pas préparés. L'émotion nous étreint. La

tristesse nous envahit. Une tristesse infinie, à la mesure de l'affection que nous lui portions.

Nous avons le cœur gros aujourd'hui, et je crois savoir pourquoi. Parce que lui, Jean-Paul, notre Jean-Paul, avait un cœur énorme, un cœur « gros comme ça ». Je crois même savoir pourquoi il était bâti ainsi, avec cette carrure si imposante, cette carcasse si impressionnante : c'était précisément pour qu'il puisse contenir en lui ce cœur immense…

Un cœur immense, Jean-Paul, si bien que le mot qui nous vient à l'esprit, à l'évocation de sa mémoire, est le mot amour. Jean-Paul avait beaucoup d'amour en lui.

Amour du travail bien fait, d'abord, dont témoigne sa belle réussite professionnelle à la tête de son magasin d'électroménager. Avec, profondément ancrée en lui, la conviction que ce n'est pas l'entreprise qui fait les hommes mais les hommes qui font l'entreprise. Il portait la plus grande attention à ses employés, qui l'appréciaient tous, car il savait qu'« il n'est de richesse que d'hommes ». Plus que grandir, croître, se développer, il voulait avant tout transmettre :

son énergie, sa soif d'entreprendre, son sens du commerce, son savoir-faire aussi. Transmettre… Il y est parvenu, tout du long, en distillant son goût du travail bien fait et son enthousiasme communicatif, partout autour de lui.

Amour du sport, également. Le rugby, en première ligne, qu'il avait dans le sang. Comme il avait dans le sang, les muscles et les tripes son club de l'Olympique d'Avignon, auquel il est toujours resté fidèle, que ce soit comme joueur ou comme dirigeant. Ce n'était pas n'importe quel sport, le rugby, avec Jean-Paul, et pas n'importe comment ! C'était le sport de la compétition, celui de l'exigence, de l'excellence, de la discipline qu'on s'impose, du travail sans relâche, du sens de l'effort, de la connaissance de soi. Mais c'était aussi, et plus que tout, le sport pour les valeurs humaines qu'il exalte : la volonté de se dépasser, l'envie de gagner, le respect des règles, le fair-play, l'esprit d'équipe, la ferveur de moments partagés, joyeux dans la victoire, solidaires dans la défaite. Et la formation des jeunes, bien sûr, pour mieux leur inculquer ces valeurs essentielles. Encore une histoire de transmission… Pour Jean-Paul, le sport était plus qu'une passion, c'était une leçon de vie.

Amour de l'autre, enfin, et quel amour ! Jean-Paul était l'incarnation de la gentillesse, de la bonhomie, de la bienveillance envers autrui. Là était sa véritable noblesse de cœur. Nous avons beaucoup reçu de lui. Car il donnait sans retenue, encore, et toujours, dans les rires et dans la joie, à ses amis, à ses proches, à sa famille, et nous voulons dire à sa chère épouse, Geneviève, à ses enfants, Louise et Nicolas, à ses petits-enfants, Anne, Capucine, Oscar, Émilien, Gaëtan, combien nous sommes présents, par la pensée, à leurs côtés. Jean-Paul était un mari, un père et un grand-père aimant. Un homme d'une infinie générosité, dans l'attention, dans le geste, dans la parole, avec un sens de la convivialité et de l'hospitalité à nul autre pareil, depuis la maison familiale d'Arles, si accueillante, jamais assez grande pour recevoir tous ses convives. Nous nous y sentions vraiment bien. Nous nous sentions vraiment bien avec lui.

Un auteur célèbre a dit: « La vie de chacun d'entre nous n'est pas une tentative d'aimer, elle est l'unique essai. »* Cet essai-là, comme tant d'autres sur le terrain, Jean-Paul l'a transformé. Il a fait de sa vie une vie pleine, heureuse, généreuse, valeureuse, tournée vers l'autre et le don de soi… Une vie d'amour.

Merci, Jean-Paul. Pour tout ce que tu nous as donné et qui est désormais inscrit en nous. Nous ne t'oublierons jamais. Tu es entré en nos cœurs. Et tu es vivant, pour toujours, en nous…

Format court avec tarif de base. C'est déjà presque trop. Il est temps de refermer le couvercle du cercueil de Jean-Paul… Relecture attentive. Validation définitive. C'est dans la boîte. Envoi au destinataire avec les recommandations d'usage: souligner les mots importants, lire très lentement, respecter scrupuleusement les ponctuations, marquer des silences… Mort enterré. Au suivant.

Après un discours, un entretien, et inversement: la politique m'a enseigné les vertus de l'alternance. Je consulte la

* Pascal Quignard, *Vie secrète*, Gallimard, 1998.

fiche suivante, envoyée par un maître de cérémonie parisien :

Défunt(e) : femme de trente-cinq ans, décédée des suites d'une longue maladie.

Texte à rédiger pour : son époux.

Bien jeune pour rendre l'âme. Cas plus délicat. Enfin, j'en ai vu d'autres. Je compose le numéro de téléphone inscrit sur la fiche…

« Bonjour, monsieur. Vous êtes bien Victor Fontaine ?

– C'est moi.

– Je vous présente mes sincères condoléances. Je suis mandaté pour vous accompagner dans la rédaction de l'éloge funèbre que vous prononcerez lors des obsèques de votre épouse, conformément à vos souhaits. Si vous le voulez bien, j'aimerais prendre un instant pour en parler avec vous.

– Je veux bien. Une minute. J'allume une cigarette.

– Je vous en prie…

– Voilà. Je suis prêt. Enfin, je crois… C'est dur, vous savez. Très dur. Je ne sais pas si je vais y arriver… Mais je vais essayer. »

Jamais je n'avais entendu voix plus taciturne, plus sombre, qui puise autant dans les graves.

/ 6 /

« Nous étions heureux. Pas une ombre au tableau. Un bonheur parfait. Vraiment… En d'autres circonstances, vous m'expliqueriez que c'est idiot, ce que je dis. Que ça n'existe pas, un bonheur parfait. N'est-ce pas ?

– Peut-être.

– Sur le coup, je ne réalisais pas. Pas complètement. Pas assez. Aujourd'hui, je réalise. C'était parfait. Elle était parfaite. Belle. Drôle. Aimante. Spirituelle. Attentionnée. Avec moi, avec nos enfants, avec ses parents. Elle nous chérissait. On avait de bonnes situations. Une maison magnifique. Des tas d'amis. On allait au théâtre. On faisait du sport. On voyageait. On s'aimait. Rien ne manquait. Toutes les cases étaient cochées… Vous pensez que j'idéalise ?

– Ce que je pense n'a aucune importance. J'écrirai ce que vous voudrez.

– Parlez de ce bonheur, alors. Forcez le trait. Exagérez. Vous approcherez la vérité. Mais sans la toucher. Il n'y a pas de mots.

– Je ferai de mon mieux.

– Ne parlez pas de la maladie, ce serait lui faire trop d'honneur. Elle ne le mérite pas, cette saloperie. Vous avez dû en broder, des niaiseries, sur le courage face à l'épreuve, la force de caractère, la combativité. Comme si lutter contre la mort était une vertu. Ce n'est pas une vertu, c'est un instinct. Quand ça nous arrive, on est tous pareils. On apprend la nouvelle. On tombe de haut. On croit qu'on va s'en sortir. On espère. Un jour, on comprend que c'est perdu. Mais on ne le dit à personne. On fait illusion. On reste digne. On simule comme on peut. Et dès qu'on est seul, on tremble, on pleure et on a mal… Je ne vois pas l'intérêt de rendre grâce à l'instinct de survie. Encore moins de célébrer une lente agonie… Ce n'est pas ça que je veux qu'ils retiennent de mon épouse… Excusez-moi. Je vous dis ce qu'il faut taire quand vous voudriez savoir ce qu'il faut exprimer.

– Ce n'est rien. Je comprends.

– Le soulagement, ça oui, vous pouvez l'évoquer. Elle me le disait souvent, à la fin : "Ne sois pas triste. Quand je disparaîtrai, tout ce que j'ai enduré disparaîtra avec moi." Ses douleurs étaient insoutenables. Jamais elle ne les partageait avec moi. Pas une plainte. Je n'ai jamais vu un rictus sur son visage. Je n'ai pas entendu un seul gémissement. Mais elle souffrait atrocement. Avant que je n'entre dans sa chambre. Puis dès que je la quittais. Sa souffrance, elle refusait de la laisser transparaître en ma présence. C'est Mélina qui me l'a avoué.

– Mélina ?

– Son infirmière. Elle avait pour mission de la prévenir quand j'arrivais. Pour que ma femme donne le change. Pour qu'elle intériorise son supplice. Ce n'était pas un mensonge. C'était juste pour m'épargner. Je respecte ce choix.

– Elles avaient l'air de bien s'entendre.

– Oui. Très bien. Des confidentes. Des… complices. Elle a accompagné ma femme avec beaucoup de bienveillance. Vous pouvez la remercier, ainsi que tout le personnel hospitalier. Ils ont été formidables. Dites-en du bien. Dites du bien de tout le monde, rien que du bien. Le mal, je n'en peux plus. Il s'est abattu sur notre famille. Il nous a anéantis. Il me ronge depuis des mois. Il a tué la femme de ma vie. Enterrez-le avec elle. Par pitié.

– J'essaierai. Mais ce ne seront que des mots, vous savez…

– J'en ai conscience. Quand toutes ses forces l'ont finalement abandonnée, il ne lui a plus resté que les mots, à elle aussi. Ils étaient tendres. Paisibles et doux. Faites-leur écho. Prolongez-les…

– Je m'y emploierai.

– Merci. Je compte sur vous.

– Vous pouvez.

– Vraiment ?

– Vraiment.

– Vous vous bornerez à retranscrire ce que je vous aurai autorisé à retranscrire ?

– Ni plus ni moins.

– Vous avez tout pris en notes ?

– Tout.

– Alors, cessez de noter. Et gardez ça pour vous.

– Garder quoi ?

– Attendez. Une clope…

– Garder quoi ?

– Il ne lui restait plus qu'une semaine à vivre, deux au maximum. C'était devenu intolérable. Pour moi. Pour tous ceux qui l'aimaient. Pour elle, surtout.

– Que voulez-vous dire ?

– C'est moi qui ai mis fin à ses jours.

– Je vous demande pardon ?

– Vous avez bien entendu. C'est moi qui ai mis fin à ses jours. J'ai commis cet acte.

– Comment ?

– Une injection, dans son sommeil.

– Vous avez fait ça seul ?

– Oui. Enfin… non. L'infirmière m'a aidé. Je lui ai demandé de me seconder. Elle a accepté.

– Ah… Et votre femme, vous lui avez demandé ? C'était sa volonté ?

– Je ne lui ai pas demandé. Pas directement. Mais oui. C'était sa volonté.

– Comment ça ?

– Mélina me l'a dit. Ma femme n'en a pas eu le courage… Son infirmière, si.

– Et donc, vous l'avez fait…

– Oui. J'ai exécuté sa dernière volonté. Je ne l'ai pas fait pour moi. Je l'ai fait pour elle. Pour nous. Au nom de notre amour… Si elle avait voulu souffrir avec moi, je n'aurais pas agi de la sorte. Elle ne voulait pas souffrir avec moi. Je ne supportais plus l'idée qu'elle endure ça seule… Nous avons toujours tout fait ensemble… Elle a vécu avec moi. Elle est morte avec moi… Unis jusqu'au bout… Voilà. Il fallait que je me confesse. C'est fait.

– Je ne suis pas prêtre.

– Je ne crois pas en Dieu. Je ne me serais pas confessé à un prêtre. Ni à un flic. Ni à un juge. Ni à personne que je connaisse. Vous, je ne vous connais pas.

– Pourquoi m'avoir raconté ça ?

– Parce que j'en avais besoin.

– Besoin ?

– Besoin… Mon épouse est soulagée. Maintenant, je le suis moi aussi… Merci. »

Il raccroche sans prévenir. Je préfère, dans le fond.

Deux ans sans tirer une taffe mais tout a une fin. Vite, fumer. Descente précipitée vers le bureau de tabac, retour au bercail, claquement de porte, traversée du couloir, salon, fauteuil, extraction du paquet, craquage d'allumette, première bouffée. Sensation de vertige, à la limite de la nausée. Je regrette déjà, tant pis, trop tard, deuxième bouffée pour réaccoutumer mes poumons, une autre dans la foulée, ça va mieux, oui, non, ça ne va pas mieux. Pas du tout.

Si. Ça va. C'est clair. Limpide. Les faits sont pénalement qualifiés. Lui : « Homicide volontaire par empoisonnement sur personne vulnérable. » Moi : « Non-dénonciation de crime » si je me contentais de ne rien faire. J'appelle un ami procureur dès que j'atteins le filtre… Allez, j'en rallume une… Après la troisième, je me bouge…

Je me bouge mais je n'appelle personne. Installation à mon bureau. Le nez dans la paperasse pour retrouver mes commentaires sur un cas dont j'avais commencé le traitement la veille au soir. Éloge d'une petite-fille à son grand-père dont l'heure avait sonné. Bien brave, bien vieux, bien parti, et de mort bien naturelle.

`Cher papy…`

/ 7 /

Mauvaise journée écoulée, mauvaise nuit agitée, mauvais mardi entamé, les pires difficultés à me concentrer, je gamberge, je procrastine, et il est déjà seize heures. Mon rendement est médiocre. Les rares textes dont j'accouche sont poussifs. Si je ne me ressaisis pas, je ne vais plus parvenir à honorer l'ensemble de mes commandes, ce que je ne peux envisager. Urgent de tourner la page, donc, et pour cela pas trente-six solutions : analyser toutes les données en ma possession afin de poser un diagnostic clairvoyant, générateur d'une conclusion implacable, à laquelle je me conformerai strictement.

Il existe une alternative, fondée sur une méthode moins cartésienne, mais que j'emploie quelquefois : jouer à pile ou face. Pas dans sa version classique. Dans une version revisitée… Une question qui appelle une réponse A ou une réponse B. Une pièce de monnaie. Pile pour la réponse A, face pour la réponse B. Lancer la pièce puis, une fois la pièce rattrapée, ne pas regarder si elle est tombée sur pile ou sur face. Se demander plutôt ce qu'on a espéré durant les quelques secondes où la pièce virevoltait dans les airs : qu'elle retombe sur pile ou sur face ? Et on a la réponse à sa question…

La pièce a volé toute la matinée. Je me suis également évertué à poser le diagnostic le plus lucide possible, inspiré de quelques mots-clés griffonnés sur un bout de papier. Je les relis une fois encore…

Voix. Important, pour moi. Déterminant même, si je veux cerner la personnalité de mon client, appréhender ses attentes réelles, et pour cause : je n'ai qu'elle à ma disposition. À force, j'ai développé une sorte d'hypersensibilité à la voix, selon son rythme et ses inflexions, son assurance ou ses accents fébriles, la quantité de soupirs ou de trémolos. Un précieux indicateur. La voix, c'est l'instrument. On ne compose pas la même partition pour un violon langoureux ou une guitare sèche… La voix de cet homme accablé ne me paraissait souffrir d'aucune ambiguïté. Elle sonnait juste. Elle était sincère. D'une émotion touchante. Et d'une tristesse abyssale.

Risque. Faible à nul, personne ne pourra jamais faire état de notre conversation. Ce type voulait soulager sa conscience, ni plus ni moins. Il fallait bien qu'il trouve quelqu'un. Quelqu'un qui ne fasse pas partie de son entourage et qui accepterait pourtant de l'écouter. J'avais le profil idéal, confident mais pas intime, réceptif mais pas impliqué, intéressé mais pas directement concerné. S'il avait voulu rendre son forfait public, ce n'est pas moi qu'il aurait choisi.

Avis. Je n'en ai pas sur les sujets de société, les thèmes qui font débat. Mon ancienne vie professionnelle avait précisément pour objet de traduire la pensée d'un tiers, une orientation politique, la ligne du parti, sans me laisser polluer par mes propres convictions. J'ai appris à faire abstraction de mes idées, au point de ne plus en avoir. Plus commode quand il faut parfois affirmer le contraire de ce qu'on affirmait la veille, opérer un changement radical de doctrine ou renoncer à un projet sous la pression des médias ou de l'opinion… En l'espèce, je n'ai aucune position arrêtée sur l'euthanasie.

Contrat moral. Tout métier obéit à son système de valeurs, ses règles établies. Le mien ne s'adosse à aucun référentiel existant, puisque j'en détiens l'exclusivité. Je n'ai pas prêté serment devant un ordre ou une corporation. Je ne signe jamais d'engagement écrit. Je ne réclame aucuns droits d'auteur. Je me contente d'accompagner celui qui me sollicite jusqu'à l'accomplissement de ma tâche. Puis je me retire. Au final, je n'existe pas. Moi aussi, en quelque sorte, je disparais… Les liens sont invisibles. Le registre est intime. Confidentiel. Secret, même. C'est un accord tacite.

Un pacte entre nous… De quel droit m'autoriserais-je, pour le coup, à rompre ce pacte ?

Drame. Je capte des émotions et je les restitue. Mais ce ne sont pas les miennes. Les miennes, j'en fais abstraction – je m'y efforce, en tout cas. Si je les laissais m'envahir, le rendu de mes travaux en serait altéré. Ils contiendraient une part de moi-même, ce qui n'est absolument pas le but… Corollaire : pour moi, un macchabée est un macchabée, quels que soient son âge, sa condition, la présentation qui m'en est faite, les circonstances de son passage dans l'au-delà. Sans distinction aucune… J'admets une hiérarchie des drames de l'existence. Pas de la mort. Elle est un drame en soi. Injection létale ou pas.

Courage. Une vertu que j'admire. Sans doute parce que je l'ai peu côtoyée dans ces hautes sphères peuplées de calculateurs et de girouettes, d'opportunistes et de cyniques, de serviles et d'hésitants. Pas de braves… Victor Fontaine l'a été. On ne supprime pas la personne qu'on aime le plus au monde sans cette qualité.

Prise de tête, mal de crâne, nœuds dans le cerveau… Stop ! Je me torture les méninges pour rien. C'est pourtant simple. Le périmètre de mes interventions est strictement délimité. Et je n'ai pas le goût du franchissement des lignes jaunes. On me confie une mission. Je la remplis. Le reste ne me regarde pas.

Je froisse en boule la feuille de papier où étaient notés les mots-clés, la jette violemment dans la corbeille, réactive l'écran de mon ordinateur d'un mouvement de souris, pose les doigts sur le clavier.

En finir avec cette histoire pour passer à autre chose. Vite.

L'éloge dont je me fends est le plus beau que j'aie jamais écrit.

/ 8 /

Je suis un grand romantique. Beethoven est mon compositeur favori ; Goethe, mon auteur de prédilection. Je les pratique de jour comme de nuit, avec constance et délectation. La puissance évocatrice de leurs œuvres me bouleverse, les sentiments qu'elles exaltent me touchent au cœur. Quelques mesures de la *Sonate pour violon et piano nº 9* et je décolle, le premier quatrain du *Roi des Aulnes* et je fonds.

Ces deux-là ne vécurent pas seulement à la même époque : ils se fréquentèrent, à partir de 1812, et s'entendirent assez mal. L'âme du musicien était trouble et passionnée, son caractère trop libre et trop fougueux pour s'accorder avec celui de l'écrivain. L'un était extraverti, l'autre dans l'introspection. La fureur du bruit, d'un côté ; de l'autre, l'éloquence des mots.

L'anecdote a été maintes fois rapportée. Un jour où ils se promenaient dans des jardins à Vienne, ils virent marcher vers eux la famille impériale au grand complet. À son passage, Goethe se rangea sur le bord de la route et s'inclina respectueusement, le chapeau à la main. Beethoven, lui, coiffa son haut-de-forme, boutonna sa redingote et, les bras derrière le dos, s'enfonça dans le cortège à contre-courant. Madame l'impératrice le salua ; le duc Rodolphe recula d'un pas ; princes et courtisans lui firent la haie. La procession lui rendait les honneurs tandis que l'auteur des *Souffrances du jeune Werther* se tenait en retrait, révérencieux, recourbé…

Je n'ai pas le tempérament d'un Beethoven, impétueux, indomptable. Plutôt celui d'un Goethe, discret, reclus. En vérité, je déteste me donner en spectacle, me mettre en avant. La scène me rebute. La lumière me pique les yeux. Je préfère, et de loin, me tenir tapi dans l'ombre, dissimulé dans les plis de la face cachée du rideau. Mal à l'aise dès que je me fais remarquer. Maladroit dès qu'on m'interroge sur mon cas personnel. Mon cas personnel n'intéresse que moi. Mes humeurs sont contenues. Mes émotions sont rentrées. J'expulse l'air que je respire. C'est à peu près tout. Le reste demeure enfoui. Je gouverne seul le ministère de mon for intérieur.

Paradoxalement, je destine aux autres ce dont je ne veux pas pour moi-même : les applaudissements et les projecteurs, les portraits flatteurs et les couronnes de laurier, les hommages, les louanges, la gratitude, l'admiration… J'adore ça. J'en ai toujours été friand. Pas à mon profit. Pour le compte de tiers. Au collège, déjà, je prenais un plaisir malin à refiler les brouillons de mes rédactions à mes camarades pour qu'ils les recopient. Face à la cage vide, je m'obstinais à passer le ballon à mon coéquipier pour le laisser marquer. Je ne participais pas aux tournois d'échecs, me contentant de souffler le meilleur coup à l'oreille du joueur… J'ai encore progressé avec l'âge. En campagne électorale, je jubilais quand mon candidat dézinguait son adversaire d'une formule assassine qu'il n'avait pas inventée. Planqué au fond de la salle depuis laquelle mon ministre pérorait, je me régalais de ses effets de manche tandis que je me prenais pour un ventriloque, mes lèvres imperceptiblement animées par chaque mot qu'il prononçait…

On ne se refait pas. La satisfaction des ego est mon credo, l'éloquence par procuration, ma spécialité. Au point d'en avoir fait mon gagne-pain. J'alimente mes commanditaires en belles paroles. Ils me nourrissent en contrepartie. Qu'ils soient morts ou vifs. Les politiciens volubiles ont longtemps fait bouillir ma marmite ; les cadavres refroidis remplissent désormais mon frigo. Le deuil comme fonds de commerce. Ce qui n'a rien de choquant si l'on considère que toute peine, en effet, mérite salaire…

Un caractère solitaire et renfermé. L'obsession d'être plus transparent que l'homme invisible. Une activité professionnelle trépidante, pour ne pas dire frénétique… Remplir une seule de ces conditions est amplement suffisant pour rater sa vie amoureuse. Or, je réunis les trois. C'est bien le problème. Peu expansif. Pas vraiment téméraire. Allergique aux sorties, aux vacances et aux distractions… Je cumule les handicaps. Sans parler de celui d'être un idéaliste invétéré. Pas coureur de jupons pour un sou. Plutôt du genre « fleur bleue ». Sentimental. Doux rêveur. En quête de mon « autre moi-même », comme l'écrivait Ludwig à son immortelle bien-aimée. Enfin, en théorie. Dans la pratique, j'évince, j'élude. Je fais diversion. Je me détourne de l'essentiel en vaquant à mes occupations. Pour ne pas avoir à me préoccuper de mon cœur.

C'était déjà le cas quand j'évoluais dans les sphères du pouvoir. Au moins à l'époque, j'appartenais à un groupe social. J'y étais intégré. Les ressortissants du groupe me reconnaissaient comme un des leurs. Membre d'une communauté vouée à œuvrer pour les mêmes causes, à user des mêmes codes, à habiter les mêmes quartiers, à se reproduire, à se coopter. Pas sûr que cet univers me corresponde. Mais il avait un côté rassurant. Grâce à lui, j'avais un titre, un statut, une position. Et des fréquentations. Je rencontrais des humains. Des humaines aussi, souvent bien de leur personne, brillantes, charmantes, prometteuses, pleines de qualités. Certaines ne me déplaisaient pas, au premier abord. Parfois, je cédais à la tentation du dîner en tête-à-tête. Avant même de passer la commande, je devinais que je ne proposerais pas à celle qui me tenait compagnie de monter boire un dernier verre. Jamais je ne ressentis ce bonheur tant espéré. Me dire que je l'avais enfin face à moi. Mon immortelle bien-aimée.

Rien d'enthousiasmant. Ni de très glorieux. C'est encore pire depuis que j'ai quitté le monde des vivants pour celui des morts. Désormais, je suis vraiment seul, tout le temps. À défaut de m'en satisfaire, je m'en accommode. J'admets ne pas faire non plus beaucoup d'efforts. À ma décharge, je m'y prendrais comment ? En courtisant des veuves éplorées ? Indécent. En faisant la sortie des funérariums ? Voyeuriste. En recourant aux services d'une agence matrimoniale qui publierait mon annonce juste à côté de la rubrique nécrologique ? Glauque… Je pourrais m'inscrire sur un site de rencontres, mais je ne suis pas un adepte des roucoulades obscènes sur la toile. Et puis, je fais un blocage complet à la simple idée de devoir réaliser mon autoportrait. Doué pour les autres, inapte pour moi-même. Incurable. Affligeant.

Il m'arrive de me demander ce que je pourrais écrire pour mes propres obsèques. Je sèche. L'angoisse de la page blanche s'empare de moi… Pas de femme, pas d'enfants, pas d'amis. Pas sociable, pas séducteur, ni admirable ni admiré. Pas de décorations, de faits d'armes ou d'actes héroïques. Pas d'engagement associatif et des convictions molles. Même pas sportif, bricoleur, cuisinier ou jardinier… Du vide. Le néant. Travail, famille, loisirs : mon arbre de vie serait chétif et dénudé.

Si je mourais demain, il n'y aurait rien à déclarer.

/ 9 /

Mercredi 14 juin. Huit mois d'activité. Deux cent quarante-sept jours précisément, ce qui représente un total cumulé de deux mille neuf cent soixante-quatre heures, au rythme de douze heures par jour environ, sept jours sur sept… D'habitude, je joue avec les mots. Ce matin, pour me divertir entre deux topos, je sors la calculette. Les chiffres sont impressionnants… Deux mille deux cent cinq défunts célébrés, soit une moyenne proche de neuf commémorations par jour, avec un record à dix-sept, mais j'avais été souffrant la veille… Les curés sont loin du compte. Les agences de pompes funèbres ne reçoivent pas autant de clients. Les marbriers non plus… Il n'est pas exclu que je sois détenteur du record du monde de morts fréquentés au quotidien, devant les pompiers, les médecins légistes, les employés des crématoriums, peut-être même les personnels hospitaliers des services de soins palliatifs…

J'en souris sottement. D'une certaine manière et sans trop oser me l'avouer, j'éprouve une sorte de fierté.

Parmi les statistiques amusantes, celles de la répartition géographique. Mon business est florissant dans les grandes villes, évidemment. Il l'est aussi sur la Côte d'Azur. Au début, mes chers disparus étaient tous concentrés à Paris. Maintenant que je couvre les douze régions métropolitaines, ils fleurissent massivement dans le sud. Les éléphants se rapprochent de leurs cimetières – pardon : les retraités du soleil. Des cohortes de vieux, qui font le choix de trimballer leurs métastases et leurs caillots de sang vers la Méditerranée. À croire que l'huile d'olive dans les artères bouchées et les séances de bronzage, en alternance avec celles de chimiothérapie, adoucissent le crépuscule de la vie. Un repos bien mérité, comme on dit. Là-bas comme ailleurs, il finit toujours par devenir éternel.

Plus les âges sont avancés, plus les causes de mortalité sont restreintes : cancers, infarctus, maladies infectieuses contre lesquelles l'organisme ne sait plus se défendre. Les plus jeunes, en revanche, sont d'abord répertoriés dans la catégorie « accidents » : domestiques, de la route, dus à la prise de substances illicites ou dangereuses. Ces trépas-là ne préviennent pas, frappent n'importe qui, n'importe où, bravant effrontément les lois ordinaires de notre passage sur terre, mettant un coup d'arrêt brutal à des trajectoires qui paraissaient écrites. Ce sont les pires. Des drames affreux. Et des défis rédactionnels à relever dont je me passerais volontiers.

Des cas délicats à traiter, donc, dans des proportions limitées. Et d'autres enfin, réduits à une portion congrue : les originaux, les atypiques, à tel point qu'ils sont impossibles à cataloguer. Je les ai rangés dans un dossier à part, intitulé : « Inclassables ». Une sorte de « bêtisier de la mort », avec son cortège funeste de situations risibles, pathétiques ou dérisoires, absurdes, atroces ou saugrenues.

Parmi elles, la demande du président d'une association patriotique pour honorer la mémoire d'un de ses porte-drapeaux, même pas mort au combat : vive la République, vive la France.

Un ménestrel des temps modernes, meurtri par la disparition de sa dulcinée, qui me passa commande d'une ode en vers pour pouvoir la déclamer en y plaquant les accords de sa mandoline : désuet mais charmant.

Une jeunette à la voix toute guillerette, dont la perte du mari opulent, de trente ans son aîné, ne l'affectait pas outre mesure, bien qu'il faille donner l'impression inverse : des larmes plein les yeux en échange de billets plein les poches, cinq minutes de sanglots et par ici la monnaie.

Un gamin miraculé d'une collision entre un autocar et un train qui, lors de l'hommage national aux victimes, voulut dire adieu à ses camarades moins chanceux que lui : épouvantable, bouleversant.

Un prêtre défroqué qui croyait encore en Dieu mais plus en la science depuis que les trithérapies avaient cessé de produire leur effet sur son compagnon : priez pour nous, pauvres pêcheurs.

Une vieille dame tellement satisfaite de la prestation qu'elle m'avait commandée pour les obsèques de sa sœur qu'elle m'en demanda une seconde… pour elle-même, accordant une confiance relative à sa descendance et n'ayant pas spécialement envie de se retourner dans sa tombe le moment venu : on n'est jamais si bien servi que par soi-même.

Un quadra vite remis du décès de son épouse puisqu'il n'hésita pas à me solliciter à nouveau, quelques jours à peine après l'enterrement de sa femme, pour que je lui compose le texte de sa demande en mariage à destination de sa voisine de palier : des compliments, là encore, mais conjugués à titre exceptionnel aux temps du présent et du futur.

Un couple de septuagénaires éplorés après collision d'un poids lourd avec leur bébé, leur raison d'être, le soleil de leur vie : leur chihuahua.

Le fils d'un agriculteur dont le sang, la sueur et les tripes étaient désormais mêlés à la terre qu'il avait labourée, écrabouillé qu'il fut par son propre tracteur : mort au champ d'honneur.

Et encore : quelques victimes d'accidents improbables (balle perdue au cours d'une partie de chasse, pari stupide de traversée à la nage d'une rivière en crue, alpiniste imprudent...), des sacrifiés sur l'autel des risques du métier (un pilote de chasse dont le siège n'était pas si éjectable que cela, un footballeur professionnel au cœur fragile, un électricien carbonisé dans sa nacelle et même le soigneur manifestement trop sûr de lui des grands fauves d'un zoo), des cas de suicidés toujours difficiles à aborder (dont celui de ce détenu en attente d'être jugé pour viol, retrouvé pendu dans sa cellule la veille du jour où le véritable auteur des faits était interpellé et passait aux aveux)...

Mais depuis Victor Fontaine, plus aucune femme débranchée par son époux.

Divagations futiles, considérations improductives, je me relâche, je m'égare, je perds mon temps. Quelle heure ? Midi déjà ! Fin de la récré. Reprise de mes activités ordinaires... Fiche suivante. Accès aux informations relatives au prochain client. Composition du numéro. Profonde inspiration avant de prononcer la formule rituelle introductive. La voix qui me fait écho est absolument ravissante :

« Ah. Oui. Merci de m'appeler. Mais non, en fait.

– C'est-à-dire ?

– C'est-à-dire que non. Je dois renoncer à votre proposition.

– Pouvez-vous m'en préciser la raison ? Sans vouloir vous obliger…

– Si, je peux. Comment vous expliquer… Vous connaissez *Dallas* ?

– La série ?

– La série. J'ignore votre âge. Je ne sais pas si c'est de votre génération. Ce n'est pas de la mienne. Mais tout de même. Qui n'a pas entendu parler de Bobby ? Bobby Ewing. Le gentil, dans la série.

– En effet. Mais je ne vois pas le rapport…

– Lui aussi s'appelait Bobby. Enfin, Robert. Mais tout le monde l'appelait Bobby. À cause du personnage dans *Dallas*. Parce qu'il était comme lui. C'était un gentil, un vrai.

– Vous évoquez le défunt, je suppose ?

– Oui… Le plus cruel dans l'histoire, c'est que le Bobby dont je vous parle avait également sa Sue Ellen, comme dans la série. Une alcoolique au dernier degré, décédée il y a une dizaine d'années dans des circonstances sordides, chute d'un pont alors qu'elle essayait tant bien que mal de rentrer chez elle, titubante. Bref. Ce n'est pas le sujet. Toujours est-il que notre Bobby ne s'en est jamais remis. Il a sombré. Déprime, licenciement, impayés, expulsion. La spirale. Il s'est retrouvé sans domicile fixe, à cinquante ans. La grosse galère. Vous voyez le genre…

– Je vois le genre. C'est bien triste. Et vous, votre place dans cette histoire ?

– Toute petite… Aucun lien de famille avec Bobby : il n'en avait pas. Juste un lien affectif. Et récent. Deux mois environ. Depuis qu'il a été admis à l'hôpital européen Georges-Pompidou. J'y travaille. Service des soins palliatifs.

– Il est mort de quoi ?

– De n'avoir pas été soigné à temps. Rongé de l'intérieur. Plusieurs organes vitaux. Un carnage…

– Quelle horreur…

– J'ai l'habitude. Mais lui m'a vraiment attendrie. Lui et ses potes qui lui rendaient visite tous les jours. Une bande de paumés, imbibés, crasseux, mais qui ne l'ont jamais laissé tomber. La première fois, je me souviens, ils ont déboulé à l'étage dans leurs guenilles, trimballant avec eux tout ce qu'ils possédaient dans des vieux sacs usés. On a dû leur dire de quitter les lieux, ils étaient vraiment trop sales. Alors, ils ont fait des efforts, ils se sont lavés, coiffés, ils ont caché la misère pour paraître présentables. Nous les avons finalement acceptés. Sans quoi ils auraient fait un scandale. C'est qu'ils l'adoraient, leur Bobby !

– Il faut croire qu'il était adorable…

– Oh que oui ! Charmant, courtois, avec un regard pétillant et un sourire très doux. En fait, son système de défense était assez déstabilisant. Il parlait très peu de lui. Encore moins de sa maladie. À chacune de mes tentatives, il me répliquait : "Et vous, comment allez-vous ? Êtes-vous sortie hier soir ? Qu'avez-vous fait de beau ? Racontez-moi..." Je sentais que ça lui faisait tellement plaisir que je me prête au jeu. Alors, je m'y suis prêtée. Il n'avait que des paroles aimables en retour, des commentaires sympathiques ou des conseils avisés. Chaque fois que je le quittais, j'avais l'impression que c'était lui, dans le fond, qui avait pris soin de moi... Il était si attentionné ! Un jour où il a senti que j'avais un coup de mou, il a même demandé à ses compères d'aller piquer des fleurs dans les serres du parc André-Citroën pour me les offrir en bouquet.

– Un vrai gentil, comme vous dites...

– Un vrai gentil... Bobby... Mais il nous a quittés, le pauvre... Sereinement. J'étais à ses côtés. Et ses copains, pas loin.

– Tant mieux.

– Ils étaient un peu devenus les miens. Du coup, ils m'ont demandé d'organiser les obsèques. Je l'ai fait. Ils se sont cotisés pour lui payer un enterrement décent. J'ai rajouté ce que je pouvais. Mais là, je ne peux plus. Et eux non plus... Alors non. Désolée. On ne va pas pouvoir acheter votre prestation. J'aurais bien aimé que de belles paroles soient prononcées par un de ses potes devant sa dépouille. Mais bon. Je ne suis pas douée pour ça. Ni eux non plus… Tant pis !

– Pas tant pis. Je vais vous les préparer, ces belles paroles. Vous pourrez les remettre à celui qui les lira. Je ne vous demanderai rien en échange. Ça restera entre nous…

– Vraiment ?

– Vraiment. La cérémonie a lieu après-demain, d'après mes renseignements ?

– À seize heures. Crématorium du Père-Lachaise.

– Vous aurez le texte d'ici ce soir.

– Je ne sais comment vous remercier…

– C'est inutile. Je n'ai pas souvent l'occasion d'être un vrai gentil. Alors, pour une fois… »

Une ouverture sur le thème de la gentillesse et son florilège de bons sentiments associés. L'apologie des amitiés robustes et de la fraternité entre les hommes. Quelques lignes sur les vertus du dénuement pour mieux nous rappeler que la véritable richesse est intérieure. Un paragraphe sur les épreuves de la vie, ce qu'elles nous enseignent sur nous-mêmes et sur les autres pour mieux les surmonter. L'évocation de ces douleurs du corps que seules les douceurs de l'âme peuvent apaiser. Une envolée sur la puissance évocatrice des souvenirs laissés par les êtres chers, à jamais gravés en nous pour mieux nous guider, nous inspirer… Bobby saupoudré un peu partout sur cette soupe de mots… L'après-midi commence à peine et déjà j'en ai fini avec lui.

Promesse tenue. J'ai fait ma bonne action. Pourtant… Content de moi mais pas totalement satisfait. Comme si cette soupe-là avait un goût d'inachevé…

L'envoi de mes topos est systématiquement assorti du même message passe-partout : « Comme convenu, vous voudrez bien trouver ci-joint le projet d'éloge funèbre pour lequel vous nous avez sollicités. Nous espérons qu'il répondra à vos attentes et vous en souhaitons bonne réception. » Il m'aura fallu attendre ma deux mille deux cent sixième production pour déroger à la règle : « Puissent les quelques mots en pièce jointe vous satisfaire. En outre, ayant été très touché par le parcours et la personnalité de Bobby, j'aimerais si vous l'acceptez me joindre à vous pour honorer sa mémoire, vendredi, au Père-Lachaise. »

La réponse ne tarde pas à tomber : « Volontiers. »

/ 10 /

L'impression d'être un peu comme le professeur de musique dont l'élève passe une audition. Ou l'entraîneur sur la touche pendant que ses joueurs évoluent sur le terrain. À ceci près que je ne suis ni dans une salle de concert ni dans un stade mais dans le crématorium qui jouxte le cimetière, quelques mètres en retrait de ceux pour qui je suis venu, Bobby à l'horizontale et les autres debout autour de lui, une douzaine environ. Je ne me suis pas manifesté auprès d'eux. Ils me prennent sans doute pour un agent des pompes funèbres. Ils n'ont pas tout à fait tort.

Mon interlocutrice d'avant-hier, en revanche, m'a repéré : elle m'a souri en arrivant. Ce n'est pas elle qui a lu mon papier. Le plus âgé de la bande a officié d'une voix chevrotante, un type minuscule avec de grandes oreilles, tout flétri, tout rabougri, il me fait penser à un maître Yoda de la rue. Il a mis les intonations là où il fallait. N'a pas sauté de lignes, ne s'est pas emmêlé les pinceaux, n'a pas bafouillé. Je l'ai trouvé excellent.

Vient le moment de l'inclinaison devant la dépouille et du geste d'adieu, sur fond d'*Adagio d'Albinoni* : le temps du recueillement tire à sa fin. Lui succède celui de la crémation. Le cercueil est déplacé jusqu'au four situé dans la pièce attenante, visible depuis une paroi vitrée. Les copains de Bobby sont désormais plus dissipés. La réduction de leur ami en cendres les fait réagir. Je peux entendre des bribes de leurs conversations : « Mille deux cents degrés ? Waouh ! Et on pèse combien, à la fin ? Une heure trente de cuisson ? Pas de cuisson, t'es pas en cuisine : de combustion… C'est long en tout cas. Il aurait préféré qu'on aille boire un verre à sa santé, vous ne croyez pas ? Si, c'est sûr… De toute façon, on ne récupère l'urne que demain… Allez, mouvement ! »

Le petit cortège s'ébranle. Maître Yoda, en bon Jedi, prononce les dernières paroles à destination du défunt : « Pars en paix, Bobby. Nous ne t'oublierons jamais. Salut, mon gars ! » Il se tourne ensuite vers celle qui, à l'évidence, a tout organisé :

« Merci beaucoup pour votre soutien et votre aide…

– C'est normal, répond-elle. Il méritait bien ça… Je vous laisse, maintenant. Pas vraiment le cœur à trinquer… »

Elle attend qu'ils soient tous sortis pour venir à moi :

« C'est vous, n'est-ce pas ?

– Ça dépend. Qui voulez-vous que je sois ?

– C'est bien vous. Je reconnais votre voix... Ils vont prendre un verre. On va prendre l'air ?

– Un grand bol, alors. Bien frais. »

Déambulation silencieuse dans les allées du cimetière, le lieu offre un prétexte idéal pour ne pas avoir à parler. Notre timide promenade nous mène jusqu'à un square tout proche, que je ne connaissais pas : la Roquette. Nous optons pour un banc ombragé, sous un eucalyptus, qui donne sur une fontaine en cascade. Verdure, badauds, pigeons et temps qui passe... Elle pourrait me quitter à tout moment... Je me décide à engager la conversation en prononçant une phrase d'une puissance épique dont moi seul ai le secret, démontrant si besoin était mon aptitude naturelle à faire preuve d'une aisance insolente dès que je me retrouve, dans le monde réel, en présence d'une charmante jeune femme : « Il fait beau. » Elle n'est pas seulement charmante. Elle a aussi un incroyable sens de la répartie : « Et bon. On est bien... » J'en déduis qu'elle n'est pas trop pressée de filer. Tant mieux... Un groupe de personnes à la mine défaite, toutes de noir vêtues, passe lentement devant nous.

Je les pointe d'un coup de menton :

« Ceux-là portent le deuil. Ils viennent du même endroit que nous.

– Certainement… J’espère que leur défunt a eu droit à d’aussi jolies paroles que Bobby !

– Je l’espère aussi.

– Qui sait, vous avez peut-être écrit quelque chose pour lui ?

– Ou pour elle.

– Ou pour elle.

– Ce n’est pas impossible…

– Vous assistez souvent aux obsèques de vos clients ?

– Mes clients ne sont pas les morts !

– Un peu, quand même. S’ils ne décédaient pas, vous ne feriez pas ce business.

– Pas faux… Mais non. J’y assiste rarement. Presque jamais… Et vous, vous assistez souvent aux obsèques de vos patients ? Je veux dire : anciens patients…

– C’est la première fois. En principe, le personnel soignant garde ses distances avec… comment dire… tout ça. Nous avons des consignes claires. De l’humanité pour tout ce qui précède. Mais de la distance pour tout ce qui suit. Ce n’est plus de notre ressort. Dès que l’heure du décès est prononcée, nous nous retirons de la partie… Avec Bobby, j’ai fait une exception. Je ne le regrette pas.

– Pourquoi regretter ? Vous avez eu raison d’agir ainsi. Celui qui vous le reprocherait serait un idiot !

– Merci. Je crois que vous me comprenez.

– Je ne serais pas là aujourd'hui si je ne vous comprenais pas… »

Elle se tourne vers moi. Une brise légère s'engouffre dans le volume de ses longs cheveux, dont une mèche vient me frôler la joue.

« C'est drôle, vous et moi…

– Drôle comment ?

– Nos métiers. Très différents. Mais finalement complémentaires. J'accompagne la fin de vie. Vous accompagnez le début de mort. Moi, c'est juste avant. Vous, juste après. À nous deux, on fait la jonction.

– Exact… Ils sont vivants. Vous vous en occupez. Ils meurent. Je prends le relais.

– Chacun à notre manière, nous jouons les prolongations, en quelque sorte.

– Jouer les prolongations… J'aime assez cette idée…

– Je l'aime aussi… (Elle regarde sa montre.) Ouh là ! Six heures et demie. Je prends mon service du soir à huit heures. Il faut que j'y aille.

– S'il le faut… »

Elle se lève, tire ses cheveux en arrière, les attache avec un chouchou, s'immobilise un instant puis se rassied :

« Nous aussi, on pourrait jouer les prolongations… Se revoir… Enfin… si ça vous dit…

– Ça me dit.

– Demain ?

– Samedi. Je viens de vous le proposer. »

Elle rit. Cela faisait belle lurette que je n'avais pas fait rire quelqu'un avec des mots.

« Vingt et une heures devant Beaubourg, par exemple ?

– À demain, alors. »

Elle se relève mais ne fait pas trois pas avant de revenir jusqu'au banc :

« Je réalise que je vais passer une soirée avec un homme dont je ne connais même pas le prénom.

– Antoine. Et vous ? Il n'y avait que votre nom de famille sur la fiche.

– Mélina… »

Tandis que je la regarde s'éloigner, je songe que ce prénom me dit quelque chose. Je l'ai déjà entendu quelque part. Où, quand, comment ? Je n'arrive pas à m'en souvenir. Aucune espèce d'importance. Il me plaît, c'est tout.

En suspension sur un petit nuage… Je n'en redescends qu'au bout d'un long, très long moment… Sur le chemin du retour, je marque un arrêt devant la grille fermée du cimetière. Le funérarium est encore visible, malgré la pénombre, dans le lointain. Là-bas, de l'autre côté des tombes, dans un four encore tiède, environ trois kilos de composés organiques. Ce qu'il reste de lui.

Moi, en revanche, je ne me suis pas senti aussi vivant depuis la nuit des temps. Et c'est à lui que je le dois…

« Merci, Bobby. »

/ 11 /

Dimanche matin, nu sous la couette. Allongé sur le côté, le regard rivé sur l'écran du réveil qui affiche onze heures treize. Le temps aurait dû s'arrêter à onze heures douze, juste avant cette pensée fulgurante qui m'a rattrapé sans prévenir.

Jusqu'à onze heures douze, tout avait été absolument parfait…

Nos retrouvailles devant Beaubourg, hier soir, à l'heure convenue, sourires échangés et installation à la terrasse d'un café, rue Quincampoix, pour prendre un verre.

Les ailes qui me poussent à la tombée de la nuit, proposition de poursuivre dans un restaurant que j'avais repéré dans l'après-midi, acceptation de sa part sans se faire prier, fierté contenue d'avoir été si entreprenant, immense satisfaction qu'elle paraisse enthousiaste.

Le choix heureux d'une table à l'ambiance intime, lumière tamisée et musique douce, une vingtaine de couverts tout au plus, des vins et des mets exquis.

La confirmation minute après minute que tout en elle me fait de l'effet, la grâce de ses gestes (qui déplacent dans l'air un parfum légèrement acidulé), la douceur de sa voix (loin des tessitures stridentes qui crèvent les tympans), le naturel qu'elle dégage (cette fraîcheur, cette spontanéité qui la distinguent tant de toutes ces personnes que j'ai côtoyées, des années durant, dans les beaux salons parisiens), la discrétion de son maquillage (superflu pour souligner un si joli visage).

Ma réticence indélébile à parler de moi, de ma vie, passée ou présente, dont je me dis qu'elle l'interprète avec un peu de chance comme une forme de modestie tout à mon honneur.

La délicatesse avec laquelle elle n'insiste pas.

Mes questions en rafale, assorties de précautions oratoires pour lui préciser qu'elle n'est pas obligée, mais auxquelles elle répond de bon gré, sans jamais éluder. Son enfance tourangelle, son goût dès le plus jeune âge pour l'assistance à personne en danger – piquer, panser, recoudre, donner du sirop ou des cachets –, ses études à Orléans, sa décision de travailler à Paris pour y rejoindre un petit ami qui la quitta peu après son arrivée.

Son renoncement à exercer dans le secteur libéral après plusieurs expériences peu concluantes, dont une association de quelques mois avec une copine de promo qui privilégiait le nombre d'actes rémunérés à la qualité des soins dispensés.

Le contact régulier de l'extérieur de mon genou droit avec l'intérieur de son genou gauche, certainement pas dû au hasard.

Son recrutement aux Hôpitaux de Paris, d'abord pour des remplacements, souvent en banlieue, avant de pouvoir exprimer, au bout de cinq ans, une préférence pour un établissement et, surtout, une discipline : le soulagement des douleurs physiques mais aussi des souffrances psychologiques dans le but d'assurer le confort du malade, fût-il relatif, jusqu'à son dernier souffle.

L'aisance soudaine, la facilité déconcertante et même la décontraction avec lesquelles je me surprends à aborder les thématiques funèbres, alors que le commun des mortels, en pareille circonstance, les jugerait incongrues ou déplacées.

Ma science étalée sur la question du dernier souffle, précisément, à l'appui de mes innombrables lectures relatives aux ultimes paroles prononcées par des hommes célèbres. Rabelais : « Tirez le rideau, la farce est terminée ! » Picasso : « Buvez à ma santé ! » Edmond Rostand : « C'est un peu tôt. Vous auriez dû me prévenir… » Clemenceau, en voyant arriver un prêtre : « Enlevez-moi ça ! » Marie-Antoinette, écrasant le pied de son bourreau : « Monsieur, je vous demande excuse, je ne l'ai pas fait exprès. » Et celle que je préfère, de Paul Léautaud : « Et maintenant, foutez-moi la paix. »

Sa curiosité amusée pour ces propos prêtés à des personnalités hors normes, au point d'en oublier presque qu'elles finissent, elles aussi, comme les gens ordinaires : par un râle, un spasme, un filet de bave, et basta.

La puce qui aurait dû m'être mise à l'oreille quand elle crut nécessaire d'ajouter, sur un ton évasif : « Moi, la plupart du temps, ce qu'ils me disent juste avant, c'est simplement : *Merci…* »

Mais le trouble l'emporte, car c'est tout l'intérieur de sa jambe qui est désormais collé à la mienne. L'urgence de commander un jurançon pour accompagner le dessert puisque la bouteille de Gevrey-Chambertin est vide. Ce fondant au chocolat tellement bon que je décide de l'inscrire en haut de la liste de mes dernières volontés, cette tarte aux fraises si réussie qu'elle voudrait en emporter un stock dans sa tombe, nos rires étouffés et nos murmures de contentement. La bravoure avec laquelle je l'invite à piocher dans mon assiette pour goûter. Le sol qui manque de se dérober sous mes pieds quand elle avance sa cuillère jusqu'à ma bouche. Un long silence éloquent avant que nos jambes se séparent, sans regret. Il est temps de faire mouvement.

Nos montées.

Dans le taxi.

Puis à l'étage de son appartement.

Puis au vingt et unième ciel : trois fois le septième.

Sa tête enfouie dans le creux de mon épaule.

Mes doigts dans ses cheveux.

Le satin de sa peau.

Nos corps enchevêtrés, alanguis.

Mon assoupissement sans savoir si elle-même s'est endormie.

Les bienfaits produits par sa présence quand je rouvre les yeux.

Ma pudeur à suivre sa silhouette du regard tandis qu'elle se promène autour du lit pour ramasser ses vêtements dispersés.

Son fou rire quand je lui demande s'il est déjà l'heure d'aller à la messe.

Toutes ces émotions qui lui ont plutôt donné faim, envie de pain et de croissants, éclipse furtive pour se rendre à la boulangerie.

L'attente de son retour, l'esprit apaisé et le corps repu, étirements sous la couette, sensation de bien-être et ronronnement intérieur.

Jusqu'à onze heures treize, et cette fichue pensée…

Un frisson me parcourt l'échine. Je me lève et me rhabille, me précipite dans la salle de bains contiguë pour asperger ma nuque et mon front d'eau froide, quitte la chambre, entre dans la cuisine, m'assieds sur un tabouret.

Claquement de porte et bruits de pas dans le couloir…

« Déjà debout ? Pas de petit déjeuner au lit ? Je t'avoue que je n'ai jamais essayé…

– Moi non plus.

– Si tu avais vu cette queue à la boulangerie ! Il faut dire qu'elle est excellente.

– Tant mieux.

– Il fait un temps magnifique. On pourrait aller se promener, après ?

– Je ne sais pas.

– Tu préfères quoi : thé ou café ?

– Comme toi.

– Mince, je n'ai plus d'oranges ! Je nous aurais bien pressé un jus.

– Pas grave.

– Regarde-moi cette baguette ! Confiture de fraises, d'abricots ou de myrtilles ?

– Aucune, merci.

– Croissant ?

– Si tu veux.

– Bon… Eh ben !… Tu es toujours aussi ronchon au réveil ?

– Bien sûr que non.

– Ça ne va pas ?

– Non.

– Qu'est-ce qui ne va pas ?

– Victor Fontaine. Ce nom te dit quelque chose ?

– Pourquoi ?

– Il a été mon client quand sa femme est décédée. Il m'a tout raconté. Comment il l'a… abrégée. Comment il s'est fait aider par une infirmière. Une infirmière qui se prénommait Mélina. Il ne doit pas y avoir beaucoup de Mélina qui travaillent à Paris dans un service de soins palliatifs… C'était toi ? »

Mélina stoppe net le beurrage de sa tartine. Arrêt sur image. Silence pesant. De longues secondes s'écoulent avant qu'elle ne se décide à relever la tête pour m'adresser un sourire jocondien.

« Dis-moi la vérité. S'il te plaît.

– Pourquoi tu ne m'en as pas parlé avant ?

– Parce que je m'en suis souvenu tout à l'heure… C'était toi ?

– C'était moi.

– Auteure d'un homicide…

– C'est plus compliqué…

– De plusieurs, peut-être… Tu en as abrégé d'autres ?

– Oui.

– Combien ?

– Ton café va être froid.

– Bobby, aussi ?

– Mange donc ton croissant, plutôt. »

/ 12 /

Et s'ils ressuscitaient ? Si quelque puissance occulte excavait de leurs tombeaux tous ces morts que j'ai célébrés, comment réagiraient-ils ? Que feraient-ils de cette seconde chance accordée ?

Ils garderaient le meilleur, assurément, leurs fiertés et leurs réussites, leurs plus belles rencontres et leurs plus grandes émotions. Ils oublieraient le pire, à l'évidence, ces angoisses, ces déceptions et ces peines qui leur avaient tant pesé. Ils régleraient quelques comptes parfois, avec un ennemi, un concurrent.

Et puis. Surtout. Ils s'offriraient une session de rattrapage des occasions gâchées, pour s'épargner tout regret, ces tristesses d'être passé à côté, d'avoir frôlé sans y être parvenu, d'avoir été sur le point d'atteindre pour finalement ne rien atteindre du tout, à cause d'un malheureux concours de circonstances ou d'une erreur d'appréciation, pour avoir manqué d'audace ou, au contraire, s'être montré trop présomptueux – une hésitation à se lancer, un signe mal interprété, une pensée tue, un train raté… Ou une décision prise à l'emporte-pièce, comme celle de quitter quelqu'un sur un coup de tête, après avoir découvert la vérité, percé un secret qui aurait dû le rester. Sensation d'avoir été berné. De s'être trompé, d'avoir fait une erreur sur la personne et de s'en vouloir pour cette faute d'appréciation. L'amour-propre qui en prend pour son grade – *mais comment ai-je pu être à ce point aveuglé ?* Un choc difficile à encaisser. Une demande d'explications, des éclats de voix, la porte qui claque, un départ précipité sans se retourner…

Sauf que moi, je ne suis pas parti. Bouleversé et hagard, certes, désemparé et tremblant. Mais je ne suis pas parti, guidé par je ne sais quelle force – un envoûtement, peut-être ? –, comme si les inspirateurs de mes chroniques nécrologiques s'étaient soudain ligués pour me le murmurer à l'oreille : « Ne t'en va pas. Reste avec elle. Si tu pars maintenant, tu vas le regretter. »

J'ai eu raison de les écouter.

Mélina avait des arguments et ils étaient plutôt convaincants. Elle n'agissait pas par intérêt personnel. Elle agissait dans l'intérêt de ses patients. À l'intérieur de leurs enveloppes charnelles, le bien et le mal menaient un âpre combat. Le mal n'était pas seulement sûr de sa supériorité, au point de savoir qu'à la fin, il triompherait, inexorablement. Il était aussi un épouvantable sadique, méticuleux et implacable, qui prenait un plaisir infini à infliger de lourdes pertes à son adversaire, dans d'atroces souffrances. Ce n'était pas supportable. Mélina ne pouvait se résoudre à laisser le mal accomplir son œuvre macabre, tandis qu'elle constaterait l'ampleur des dégâts, passive, inutile et impuissante. Elle ne pouvait s'y résoudre. Et comme il n'était pas possible de l'extraire des corps qu'il gangrenait, une seule option se présentait à elle pour l'éradiquer : s'en prendre directement au vaisseau. Supprimer le corps pour le supprimer. L'ultime recours pour vaincre le mal.

Mais pas n'importe comment ni à n'importe quel prix. Trois règles d'or avant tout passage à l'acte, m'expliquait-elle, impératives et qui devaient obligatoirement s'additionner. Sinon, elle s'abstenait.

La première : ne rien proposer, ne rien suggérer, même de manière subliminale. La demande devait émaner du condamné, et être exprimée en termes explicites, donc sans détour, et réitérée à maintes reprises, pour s'assurer qu'elle était ferme, définitive, assumée.

La deuxième : avoir atteint un degré insoutenable sur l'échelle de la douleur. De nombreux indicateurs physiologiques (fréquence cardiaque, rythme respiratoire, réflexes pupillaires, sommeil, sudation…) ou comportementaux (grimaces et mimiques, postures et mouvements, cris, pleurs et gémissements...) étaient à la disposition du personnel soignant pour en mesurer l'intensité. Des chiffres à saisir, des questionnaires à remplir, des cases à cocher dans des tableaux... Les outils d'évaluation ne manquaient pas. Mélina était devenue experte dans leur interprétation.

Troisième règle d'or : la certitude d'une grande proximité avec l'échéance fatale – quelques jours tout au plus. Les deux premières conditions pouvaient être réunies ; si l'hypothèse d'une rémission n'était pas totalement exclue, il devenait préférable de surseoir à exécution. Aussi furtif fût-il, tout répit valait la peine d'être vécu.

Ces principes posés, Mélina pouvait affronter toutes les situations avec sérénité. Elle avait les idées claires. Elle était en accord avec elle-même. Aucune raison de rougir ou de trembler. Pas de sentiment de culpabilité : la faute ne lui incombait pas. Pas de scrupule à agir : elle ne faisait que répondre à une supplique. Pas d'obstacle à commettre l'irréparable : l'irréparable, en quelque sorte, avait déjà été commis. Et même pas de risque encouru puisque le décès ne surprenait jamais personne, tant il était attendu.

L'unique complication éventuelle pouvait être causée par un tiers (parent, enfant, conjoint) quand il voulait s'en mêler. Mélina détestait ces exercices imposés. Ils la contraignaient à un effort supplémentaire : boucher ses oreilles, fermer les yeux. Elle devait faire abstraction de ces avis extérieurs pour porter un jugement. Ne subir aucune influence avant de prendre sa décision. Puis, une fois cette dernière prise, composer malgré tout avec ces accompagnants. Et jusqu'au bout : en général, tous souhaitaient être présents au moment de l'injection.

Par chance, ces cas demeuraient exceptionnels. Sans doute l'idée d'abréger l'être cher pour le soulager traversait-elle beaucoup d'esprits. Sa verbalisation, nettement moins. Difficile d'accepter une telle perspective. Encore plus difficile d'en parler. Il fallait pour cela une certaine force de caractère. Des convictions bien arrêtées. Du cœur et du cran.

Victor Fontaine appartenait à cette catégorie, ainsi que quelques autres, dont Mélina s'était accommodée, bon gré mal gré. Elle préférait, et de loin, agir seule. Coopérative, oui. Partageuse, pas vraiment…

Jusqu'au jour de notre rencontre. Je n'assiste à aucune de ses mises à mort. Mais je suis, quand même, un peu, beaucoup, passionnément, quoi qu'on en dise, en quelque sorte, son assistant.

J'aurais pu claquer la porte pour ce que j'avais découvert. Je choisis d'entendre les explications de Mélina. Elle s'empressa de me les donner, m'assurant qu'elle m'aurait tout dit dès la première oreille de croissant trempée dans le bol de lait – et je la crus sur parole. Elle le fit avec une sorte de détachement proche de la nonchalance, sur un ton aussi léger que si elle me racontait ses dernières vacances d'été. Je compris l'objectif recherché : pour elle, le plus important était ailleurs. Nous avions beaucoup partagé dans un laps de temps très bref, avec fougue et enthousiasme, et rien de ce qui nous avait rapprochés ne lui avait paru superflu. Nous étions allés à l'essentiel. Un essentiel débarrassé des autres, qu'ils soient vivants, agonisants ou disparus. L'essentiel, ce n'était pas eux. L'essentiel, c'était nous.

Je ne pouvais être qu'en accord total avec cette affirmation.

C'était en juin dernier. Nous sommes fin novembre. Depuis bientôt six mois, nous filons le parfait amour. J'ai conservé mon appartement pour disposer d'un espace exclusivement dédié à mes activités ; elle m'a laissé un double de ses clés. J'ai limité mes productions à une douzaine par jour, grand maximum, pour ne plus être débordé par mon travail ; elle ne fait presque plus d'heures supplémentaires. Je crois avoir progressé en vitesse, en efficacité et même en qualité, si j'en juge par les compliments que je reçois ; elle affirme ne s'être jamais autant épanouie dans sa vie professionnelle. Je lui fais lire certaines de mes oraisons, lorsque j'en suis franchement fier ou que j'ai besoin de ses commentaires éclairés ; elle me consulte désormais systématiquement avant de rendre un verdict sans appel. Je n'éprouve pas d'embarras quand je dois disserter sur des macchabées qui, quelques jours plus tôt, étaient encore ses patients dans son unité de soins palliatifs ; elle me dit toujours la vérité concernant les conditions de leur départ, précipité ou non. Je sais que leurs parents proches n'arrivent pas nécessairement jusqu'à moi par hasard ; et pour cause, elle leur transmet mes coordonnées quand ils lui demandent conseil pour les obsèques. Je traite ces cas-là avec une attention particulière ; elle m'en est reconnaissante. Je n'en néglige pas pour autant l'immense majorité des autres cas, plus classiques ; elle ne néglige pas non plus ses autres patients. Je fais un métier peu ordinaire dont j'ai banalisé le quotidien ; elle fait un métier ordinaire dont le quotidien est peu banal. Je lui parle de mes morts (qui le sont depuis quelques heures) ; elle me parle de ses vivants (qui ne le sont plus pour très longtemps).

En dehors de cela, nous formons un couple normal, version « premiers mois où tout est pour le mieux dans le meilleur des mondes ». Nous ne nous trouvons aucun défaut. Nous sommes d'accord sur tout. Nous sortons, nous rions, nous trinquons à la moindre occasion. Nous nous embrassons et faisons l'amour sans compter.

Mélina est drôle et enjouée. Elle me comble de ses mots et de ses gestes. Elle prend soin de moi autant que je prends soin d'elle – ce que je n'avais jamais expérimenté auparavant. Ce partage, cette complicité, cette authenticité dans une relation à l'autre : je ne croyais pas cela possible. Ma bien-aimée me prouve à chaque instant à quel point j'avais tort. Elle me réconcilie avec toutes ces espérances qui m'avaient quitté, ces illusions perdues, ces plaisirs simples dont j'avais oublié le goût… Grâce à elle, j'ai renoncé à tous mes renoncements…

Je doute que les morts que je célèbre ressuscitent un jour. J'ai en revanche une certitude. Le paradis existe. Il est sur terre. Dans le creux de ses bras.

/ 13 /

Mardi 26 novembre, dix-huit heures.

Journée productive juste comme il faut. Sentiment du devoir accompli. J'éteins mon ordinateur, je quitte mon bureau et je sors. Ciel clair mais vent glacial. Vite, le métro. Premier changement à Opéra, second à République, sortie à Chemin Vert, à deux stations près ma dulcinée habiterait à Filles du Calvaire. Bêtement, je m'en amuse chaque fois que la rame s'y arrête. Bref crochet par la supérette, liste établie par ses soins, beaucoup de fruits et légumes, beaucoup trop à mon goût. Aucune importance, ce qui lui va me va. Arrivée chez elle les bras chargés, le souffle court. Pourquoi m'être à ce point dépêché ? Elle finit son service à vingt heures, petite pause dans le canapé avant de remplir le frigo.

Quand je travaillais en cabinet ministériel, je ne me posais jamais dans un canapé. Je rédigeais des notes en urgence, j'usais mes pouces sur l'écran de mon Smartphone, j'embarquais à l'arrache dans les cortèges des voyages officiels, je recevais des sommités au cours de rendez-vous chronométrés – quinze minutes maxi. Je courais, je brassais, je gesticulais… Pas un instant de répit. Premier signe d'appartenance aux sphères du pouvoir : l'agitation. Premier critère de jugement, bien avant l'efficacité : la frénésie. Le gouvernement a pour mandat de réformer. La réforme, c'est le mouvement. Donc, les ministres sont en mouvement, et leurs aréopages avec. L'inertie ? Un constat d'impuissance. L'immobilisme ? Une posture coupable. Qu'importe la direction et le sens : bouger, tout le temps.

Je ne jette pas la pierre. La politique m'a nourri durant des années, sur le plan matériel mais pas seulement. Elle m'a enseigné, dans des tas de domaines, les aspirations de nos concitoyens et les difficultés à les contenter, le poids de la technostructure ou celui des lobbies, les admirables rouages de nos institutions, nos valeurs républicaines et ce qu'il reste de nos idéaux, ce que peuvent encore signifier l'intérêt général et le bien commun. J'y ai côtoyé des élus formidables. D'autres moins…

Parmi eux, les dinosaures, les ancestraux, méprisant l'âge légal de la retraite, incapables de couper les ponts, de passer le flambeau. Des mandats cumulés sur la durée, trois, quatre, parfois cinq d'affilée, auxquels ils étaient incapables de renoncer, de crainte de ne pas savoir comment s'occuper autrement et ils n'avaient pas tort : ils y avaient tout sacrifié. Accrochés aux branches de leur vie publique. Perfusés aux joutes oratoires contre l'opposant, aux déclarations face à la presse, à la campagne électorale menée tambour battant. Leurs carrières se terminaient presque toujours de la même manière : par le « mandat de trop », celui qu'ils n'auraient pas dû solliciter et que leurs administrés ne manquaient pas de sanctionner dans le secret de l'isoloir – grand temps de tourner la page, par ici la sortie, aux oubliettes. Fin de règne pathétique pour ces vieux lions de la politique, inaptes à la vie en milieu ordinaire. Ils étaient quelqu'un ; du jour au lendemain, ils n'étaient plus rien.

En général, ils ne s'en remettaient pas. Prenaient dix ou quinze ans en quelques semaines. Sombraient dans la mélancolie. Finissaient par tomber malades, puis par en crever.

Mélina a raison. Quand l'heure a sonné, il faut savoir tirer le rideau.

Ah ! si j'avais pu imaginer, il y a quelques mois à peine, que j'allais devenir expert dans l'art de mitonner des potages à dominante poireaux-pommes de terre… Ingrédients de base, agrémentés ce soir de deux carottes, d'un navet et même d'un brocoli (son légume préféré), auxquels j'ajoute une portion de fromage à l'ail et aux fines herbes, pour lui donner du goût, mais seulement dans mon assiette. Je sais désormais tout ce que Mélina n'aime pas : la viande rouge et les produits surgelés, les fringues en boule dans un recoin de la chambre, la lumière artificielle quand elle est trop vive, les émissions de divertissement et les films d'horreur, le foot, la chasse, les jeux de hasard, l'odeur du mégot de cigarette dans le cendrier, les manifestants surexcités et les extrémistes de tout bord, les étudiants du dessus qui font trop souvent la fête, la voisine de palier qui me sourit avec insistance, les publicités dans la boîte aux lettres, la bière au goulot, mes pieds sur la table basse du salon, la climatisation dans la voiture plutôt que les vitres abaissées… Je sais aussi tout ce qu'elle aime : les restaurants dont la carte propose un aïoli, la tarte au citron accompagnée d'un limoncello frappé, les blancs secs de la vallée du Rhône en général, le Saint-Péray en particulier, le shopping dans les boutiques branchées du Marais, le cool jazz façon Miles Davis ou Gerry Mulligan, les polars scandinaves qui glacent le sang, les pivoines éphémères et la lavande papillon qui fleurit tout l'été, les lacs italiens où je l'ai emmenée en week-end, mes rires quand ils montent dans les aigus, mes références littéraires qui font de moi un dictionnaire des citations ambulant, toutes ces petites attentions que j'ai à son égard, la largeur de mes épaules, nos enchevêtrements assoupis… J'essaie d'être au rendez-vous de ses attentes. Il me semble que j'y parviens plutôt bien.

Ce soir, pourtant, Mélina n'a pas l'air dans son assiette : elle y fait tournoyer sa cuillère sans jamais la porter à sa bouche.

« Trop salée ?

– Non.

– Pas assez de brocoli ?

– Si. Elle est parfaite, ta soupe.

– Peut-être mais tu ne la manges pas. J'espère que ce n'est pas moi qui te coupe l'appétit. J'ai fait quelque chose de mal ?

– Non, bien sûr que non. Tu es aussi parfait que ta soupe. Vous êtes tous les deux irréprochables… »

Elle esquisse un sourire crispé qui masque mal son humeur contrariée.

« C'est le travail. Ils t'ont fait des misères ?

– Pas envie d'en parler. »

Pas faim et pas causante.

« J'ai des raisons de m'inquiéter ?

– Est-ce que tu m'aimes ?

– Évidemment. De tout mon cœur…

– Moi aussi, je t'aime de tout mon cœur… Donc, tu n'as aucune raison de t'inquiéter. D'accord, Miamour ? »

J'ai toujours été consterné par ces couples qui utilisent des petits noms aussi puérils que mièvres, « ma puce »,

« bibiche » et consorts ; j'adore celui qu'elle a inventé pour moi.

« D'accord…

– Tu me réchaufferas ta soupe demain soir et je m'en régalerai.

– Certainement pas. Je t'en ferai une autre, encore meilleure, avec des légumes frais.

– Tu es mignon… Allez, dépêche-toi de finir ton assiette ! »

Je m'empresse de lui obéir, au risque de me brûler la langue. Pas le temps de débarrasser qu'elle se lève et m'entraîne jusque dans la chambre.

« Fais-moi un câlin… » Je la câline. « Embrasse-moi partout… » Je la couvre de baisers. « Caresse-moi encore… » Je ne néglige aucun endroit. « Viens, maintenant… » Je m'accomplis. « Prends ma main… » Nous nous immobilisons dans le noir, nos corps l'un contre l'autre allongés.

« Ça fait du bien.

– Ça fait toujours du bien, répond-elle.

– Même avec l'estomac vide ?

– Même.

– Dire qu'il y en a qui appellent ça “la petite mort”…

– Qu'est-ce qu'ils savent de la mort ?

– Qu'est-ce que nous en savons ?

– Rien, Miamour.

– Tout de même. Un peu plus que la moyenne, tu ne trouves pas ? À force de la fréquenter…

– Tu sais, parfois, on fréquente, on croit connaître et on a tout faux. Je ne dis pas ça pour nous. Je dis ça pour mes collègues. Elles pensent que je suis comme elles, une gentille infirmière qui fait tout comme il faut. Alors que je ne suis pas comme elles. Je ne suis pas gentille. Je ne fais pas tout comme il faut.

– Tu fais tout comme tu crois qu'il est bon de faire. En ton âme et conscience. C'est l'essentiel. Ce que pensent les autres, on s'en fout !

– Je peux lire un peu ? »

Elle allume la lampe de chevet, enfile un tee-shirt, s'assied dans le lit. Je lui cède mon oreiller qu'elle cale derrière son dos, ce qui me donne un excellent prétexte pour poser ma tête sur son ventre, les bras enroulés autour de ses hanches. Je me sens merveilleusement bien.

« Tu lis quoi ?

– Un auteur finlandais au nom imprononçable.

– C'est quoi l'histoire ?

– Un paysage de fjords, des côtes escarpées. Plusieurs personnes retrouvées écrabouillées au pied d'une falaise. Enquête en cours sans écarter aucune piste : accidents, suicides ou meurtres. J'en suis là, pour le moment.

– Je prends le pari qu'il y a quelqu'un derrière ces morts. Sinon, l'intrigue perdrait de son intérêt.

– Dans un polar, il y a souvent quelqu'un derrière les morts…

– Tu ne devrais lire que des romans à l'eau de rose. »

Je me blottis encore un peu plus contre elle. Torpeur et relâchement. Le sommeil me gagne… Je sursaute au claquement sec du livre qu'elle referme et balance au pied du lit.

« Je n'y arrive pas.

– C'est normal. La journée fut longue. Tu es fatiguée. Ce n'est plus l'heure de bouquiner. Dormons.

– Ce n'est pas ça dont je te parle. Je n'y arrive plus…

– Plus à quoi ?

– J'arrête…

– Tu arrêtes quoi ?

– Mes conneries. Avec mes patients. J'arrête de les trucider. »

Bulletin d'alerte. C'est donc sérieux. Sa petite forme cache une grande détresse. Elle pousse un long soupir. J'adopte la position assise à ses côtés.

« Donne-moi ta main… Tu ne trucides personne. Tu réduis de quelques jours, parfois moins, les fins de vie de malades qui sont condamnés, qui souffrent atrocement et qui t'ont fait la demande expresse d'accomplir ce geste.

– Ce qui s'appelle : trucider.

– Ce qui s'appelle : soulager.

– Si tu veux. Mais je n'y arrive plus. Je suis épuisée.

– Il s'est passé quelque chose ? Un cas compliqué ?

– Tous les cas sont compliqués.

– Certains plus que d'autres, non ?

– En effet…

– Le dernier dont tu m'as entretenu remonte à trois semaines. Un vieux tout métastasé, devenu insensible aux plus puissants des antidouleurs, gémissant, implorant. "Fin du supplice, je vous en supplie." Je m'en souviens, il te répétait cette phrase en boucle, c'était son vœu, tu l'as exaucé… Il y en a eu un autre, depuis ?

– Oui.

– Tu veux bien me raconter ?

– Non. Ça ne servirait à rien. Ma décision est prise. Je raccroche. Demain, je demanderai ma mutation dans un autre service. Ils me l'accorderont sans problème. J'ai fait mon temps en unité de soins palliatifs.

– Tu es vraiment sûre de toi ?

– Vraiment. Pour une fois, c'est moi que je vais soulager…

– C'est toi qui vois. De toute façon, si c'est ton choix, c'est forcément le bon.

– Merci, Miamour.

– Viens là, ma chérie… »

J'ouvre un bras pour qu'elle pose sa tête sur mon épaule. Mes doigts se faufilent dans sa longue chevelure. J'effleure sa tempe d'un doux baiser. Elle se tourne vers moi pour me sourire.

« Je vais recommencer à m'occuper des vivants. Tu vas continuer de t'occuper de tes morts… Ensemble, on va s'aimer pour l'éternité. »

/ 14 /

Jeudi 28 novembre, six heures trente du matin.

Mélina ne devrait pas tarder à rentrer, son service de nuit vient de s'achever, huit heures de déambulations dans les couloirs de l'hôpital en poussant un chariot, d'entrées discrètes dans les chambres pour surveiller l'état des patients, de consultation des ordonnances préparées par les médecins pour leur prodiguer les soins appropriés, de réponses à leurs gémissements sans savoir nécessairement comment les faire taire, de branchements à vérifier (respirateur artificiel, sonde urinaire ou naso-gastrique, Holter cardiaque ou oxymètre, porte-sérum et cathéter…), de boîtes de médicaments à ranger, de piluliers à remplir et de rapports circonstanciés à consigner sur écran, entrecoupées de brèves pauses en salle de repos.

Drôle de métier, ingrat, éprouvant, mal payé alors qu'il requiert des qualités exceptionnelles, la maîtrise de gestes techniques délicats, un grand sens de l'organisation et une rigueur impeccable, de l'autonomie et du sang-froid, de l'écoute et de l'empathie, du courage et un cœur bien accroché… Je serais incapable de l'exercer. Trop de décisions à prendre, de responsabilités à assumer. Trop de situations improbables ou incertaines. Trop d'émotions à contenir pour ne pas se laisser submerger. Trop d'humanité, en somme. Je tire mon chapeau aux personnels de santé. J'admire ma dulcinée.

Or, sa décision me préoccupe. Après notre discussion de l'avant-veille au soir, j'ai passé une mauvaise nuit, turlupiné par son renoncement, ses motifs véritables, ses conséquences possibles, pour elle, pour nous. Mon quotidien est peuplé de défunts. Le sien l'était aussi. Il continuera de l'être, certes, mais ce ne sera plus pareil. Pas le même degré de proximité. Ses morts à elle seront moins partageurs, moins intimes – plus ordinaires, en somme. La différence est notoire. J'espère que cela ne créera pas de la distance entre nous. Je ne le pense pas. Après tout, lorsque je suis tombé amoureux d'elle, j'ignorais tout de ses agissements. J'ai même failli la quitter au moment de découvrir la vérité. Mais je ne l'ai pas fait. Alors non. Il n'y a pas de raison. Il faut juste que je m'habitue à l'idée. Ça viendra. Cette légère appréhension dont je n'arrive pas à me départir finira bien par se dissiper.

Par bonheur, la journée d'hier fut agréable. Nous avions tous les deux besoin de prendre l'air dès le petit matin. Saut du lit, rapide toilette et séance d'habillage au rythme des Bee Gees, musique à fond dans toutes les pièces ce qui, je le concède, me change un brin de l'ambiance monacale dans laquelle j'évoluais dans ma vie d'avant. *Stayin' Alive* en boucle, sa chanson favorite, à tout prendre, si ça n'avait tenu qu'à moi, j'aurais opté pour *How Deep Is Your Love*, mais bon, elle a ses préférences, elle est ma préférée, j'ai craqué pour elle, à moi de céder.

Il faisait à peine jour quand nous sommes sortis, d'abord pour boire un café, puis flâner au hasard des rues. À proximité du Père-Lachaise, Mélina m'a proposé de nous y rendre. Elle voulait y faire sa « tournée d'adieu ». Nous avons longuement déambulé dans les allées du cimetière, prenant soin d'éviter les célébrations en cours, les groupes de touristes en visite guidée, les sépultures des personnages célèbres autour desquelles des curieux ou des fans étaient attroupés. Les carrés les plus récents nous convenaient mieux. Nous nous y sentions, pour ainsi dire, un peu comme chez nous, à l'aise, dans notre élément. Certainement pas en territoire hostile ou dans un lieu angoissant. Plutôt dans un environnement familier, et pour cause : parmi ces rangées de cadavres alignés sous leurs pierres tombales, quelques-uns, forcément, sans que nous sachions lesquels au juste, ni leur nombre exact, avaient été, d'une manière ou d'une autre, « enterrés par nous ». Ces morts-là faisaient partie de nos vies. Nous les avions accompagnés dans leur dernier voyage, escortés jusqu'à leur dernière demeure – de notre mieux.

Mélina apparemment sereine et moi quelque peu rassuré. Ce pèlerinage nous fit du bien. Il s'acheva par le columbarium où nous nous recueillîmes, main dans la main, devant la case qui contenait l'urne de Bobby.

Déjeuner rapide dans une brasserie de la rue de Charonne, avant de nous séparer pour l'après-midi. Elle avait du rangement à faire, de la paperasse à classer, des factures à acquitter et, s'il lui restait un peu de temps, une petite sieste en projet. De mon côté, j'avais du travail à abattre, en quantité, si je voulais tenir mes engagements. Depuis mon appartement-bureau, quatre heures durant, j'ai passé des coups de fil et pissé de la copie, sans enthousiasme, mécaniquement, mais avec une efficacité suffisante pour rattraper le retard accumulé. Pas un seul cas compliqué à traiter. Des morts conventionnelles. Des existences convenues. Des discours en rapport. Aussi plats que les encéphalogrammes de ceux à qui ils étaient destinés. Tant mieux. J'avais la tête ailleurs. J'aurais lamentablement échoué si j'avais dû verser dans l'hyperbole larmoyante ou le funèbre pompeux.

Retour au bercail en début de soirée pour respecter la promesse faite à ma douce d'une soupe exquise de légumes frais. Elle s'en est délectée, à ma grande satisfaction. S'est accordée quelques minutes de détente en écoutant je ne sais trop quelle musique dans son casque, allongée sur le canapé, les yeux mi-clos, tandis que je me planquais derrière un magazine, assis dans le fauteuil, pour en réalité mieux la contempler. Elle s'est ensuite changée, pour mieux s'en aller accomplir son office. « Bonne nuit, Miamour. » Et elle est partie. Je me suis couché peu après son départ et j'ai dormi comme un bébé.

Parfaitement éveillé à présent… Déjà sept heures du matin. Mélina n'est pas là. En principe, à sept heures, elle est rentrée. Je patiente quelques minutes encore, m'occupe comme je peux en vidant le lave-vaisselle, en briquant la cuisinière… Attente interminable. Je l'appelle sur son portable : pas de réponse. Une deuxième fois : sans succès. Je lui laisse un message vocal, suivi d'un texto pour lui demander où elle est.

Un quart d'heure passe, puis un autre… Aucun signe de vie. Ce n'est pas normal. Mélina est d'une ponctualité remarquable. Réglée comme une horloge. La relation qu'elle entretient avec le temps ne souffre d'aucune fantaisie.

Impuissance, inquiétude. Nervosité, trépignements… Je joins l'hôpital. On me passe l'unité de soins palliatifs.

Une voix monocorde m'indique qu'elle a quitté les lieux dès la fin de son service…

Joies de la vie en couple. Avant, je ne m'inquiétais pas pour moi-même. Maintenant, je m'inquiète pour elle.

C'est la sonnerie de mon téléphone qui me fait sursauter.

Numéro inconnu.

/ 15 /

« Antoine ?

– Oui. Qui êtes-vous ?

– Tu le sauras bien assez tôt.

– Pourquoi m'appelez-vous ?

– Je suis avec ta femme.

– Avec ma femme…

– Ou ta compagne. Comme tu préfères. Au fait, vous êtes mariés ?

– Qu'est-ce que vous me racontez ?

– Je ne raconte rien. Je te dis. Elle est là. À côté de moi.

– Rien ne me prouve que vous êtes avec elle.

– Écoute… Ces gémissements… Tu entends ?

– Mélina !

– C'est ça. Mélina. Ta Mélina.

– Où êtes-vous ?

– Chez moi.

– C'est où, chez vous ?

– Ne sois pas si impatient. Tout arrive. Tu verras.

– Comment va-t-elle ?

– Pas terrible. À mon avis, elle a connu des jours meilleurs.

– Qu'est-ce que vous lui avez fait ?

– Pitié. Oui. C'est ça. Au début, je lui ai fait pitié. Vraiment. Du coup, elle a accepté de monter avec moi. Allez, *hop* ! dans ma voiture, embarquée. Je l'ai endormie. Au chloroforme. Plus pratique pour l'emmener chez moi. Et puis voilà. Je l'ai attachée à une chaise. Je lui ai parlé. Elle a voulu me répondre. Je lui ai demandé de se taire. Elle s'est mise à crier. Alors, je lui ai collé un sparadrap sur la bouche. C'est bien triste d'en arriver là.

– Qu'est-ce que vous voulez ?

– Partager.

– Partager quoi ?

– Partager avec toi. C'est comme ça. Aujourd'hui, je suis partageur. Tu sais, ce n'est jamais bon de tout garder pour soi.

– Je ne comprends pas.

– Tu vas comprendre. Je vais t'expliquer. Tu vas m'écouter. Tu vas bien m'écouter, OK ? De toute façon, tu n'as pas le choix.

– Ne lui faites pas de mal.

– Le mal est fait. Fallait y réfléchir avant.

– Réfléchir à quoi ?

– Aux conséquences. Maintenant, il faut payer.

– Payer pour quoi ?

– Je vais te le dire. Arrête de m'interrompre avec tes questions ! On n'a pas l'éternité devant nous…

– Je vous écoute.

– Je peux te faire la version courte. Ou la version longue. Version courte : ta femme est une criminelle.

– Qu'est-ce que vous racontez…

– Je m'en doutais. Tu as besoin de la version longue… Donc, je t'explique. Même si tu sais déjà. Ou pas. Tu sais ou tu ne sais pas ?

– Je sais… quoi ?

– Laisse tomber. À mon avis, tu sais déjà. Mais tu ne sais pas tout… Alors voilà… La mienne s'appelait Élise. Ma Mélina à moi. À une différence près. Nous, nous étions trois : elle, moi et Huntington. La maladie. Tu connais ?

– Vaguement…

– Neurodégénérative, comme disent les docteurs. En clair : incurable. Le physique. Le mental. Tout se dégrade. Les chairs. Les organes. Le cerveau. C'est simple. Tu prends tout ce qui peut arriver de pire au corps et à l'esprit, et tu l'appliques à une seule et même personne. Tu vois le genre ? Abominable…

– Je veux bien le croire…

– Le comble, c'est qu'Élise a fait connaissance avec Huntington bien avant de me rencontrer. Elle avait vingt-cinq ans. Quand les premiers symptômes apparaissent, l'espérance de vie est de vingt ans, en moyenne. En théorie, on avait encore une dizaine d'années devant nous. Assez pour regarder devant. On avait même le projet de mettre en route un bébé. Possible, ont dit les docteurs. Une chance sur deux que le gène ne soit pas transmis… On y a cru, tu sais ! Mais non. Huntington a été plus rapide que nous. Il y a trois mois, tout est parti en vrille. Elle n'arrivait plus à se déplacer. À articuler. À avaler. L'équilibre, le langage, le sommeil, la mémoire… Tout s'est déglingué. Des poussées d'angoisse, jour et nuit. Des crises de nerfs, sans prévenir. Des hurlements, des spasmes, de la bave, des vomissements. Et puis des larmes, aussi… Un calvaire. Tu comprends ce que ça veut dire, un calvaire ?

– Je comprends…

– Les crises se sont rapprochées. Comme ça. N'importe où. N'importe quand… Depuis deux semaines, elle avait perdu toute son autonomie. Je ne savais plus quoi faire. Ni comment. Je n'en pouvais plus. C'était trop dur. J'ai demandé à ses parents. Ils étaient d'accord. Je l'ai transférée à l'hôpital. Je n'aurais pas dû. Elle n'aurait pas croisé le chemin d'une meurtrière. Elle serait encore en vie. En fin de vie. Mais en vie.

– Ou pas. L'heure avait peut-être sonné. Tout simplement…

– Ne dis pas n'importe quoi ! Ce n'était pas l'heure. Pas tout à fait. Les médecins me l'avaient dit. Elle souffrait énormément. Inconsciente, la plupart du temps... Mais elle aurait encore pu connaître des moments de répit. J'aurais pu être à ses côtés, dans ces moments-là... Elle n'en a pas eu l'occasion. Ta femme l'en a empêchée...

– Vous dites n'importe quoi.

– Je te rapporte des faits. Ni plus ni moins... Ma femme voulait qu'on l'assiste. La tienne l'a abrégée...

– Je ne peux pas imaginer que Mélina ait pris cette décision. Surtout sans consentement...

– Je ne te demande pas d'imaginer. Je te dis la vérité. C'était moi, la personne de confiance d'Élise. Moi. Personne d'autre. Désigné par elle. Elle répétait sans cesse : "Je te fais confiance..." Les membres de sa famille me le disaient aussi. Ils me faisaient confiance. Elle. Eux. Tous. Sans exception.

– Elle vous a fait part de ses dernières volontés ?

– Non.

– Elle a consigné par écrit des directives anticipées ?

– Non plus.

– Elle vous a affirmé ne pas vouloir en finir ?

– Ne joue pas au plus malin avec moi. Tu sais bien que ça ne marche pas comme ça. Élise ne voulait pas en finir. Sinon, elle me l'aurait dit. C'est ta femme qui voulait... D'ailleurs, elle me l'a proposé.

– Proposé ?

– Son aide. C'est ce qu'elle m'a laissé entendre : “Si c'est trop dur, on peut en parler. Je peux vous aider.” Je lui ai répondu que je n'avais pas besoin de son aide. Je ne me suis pas assez méfié.

– Vous interprétez. En réalité, vous n'en savez rien. Vous n'avez aucune preuve contre Mélina.

– Bien sûr que si. J'ai tout entendu… Lundi dernier. En soirée. J'ai placé un magnétophone dans le tiroir de sa table de chevet d'Élise. Pour l'enregistrer. Elle ne parlait presque plus. Je ne voulais rien rater, même en mon absence… Mardi matin, je suis arrivé à l'hôpital. Ta femme m'a annoncé que la mienne venait de s'éteindre. J'ai trouvé sa chambre vide. Mais j'ai récupéré le magnétophone. Il est là. Devant moi. Pour toi. À ta disposition…

– D'accord…

– Huntington est une abomination. Ta Mélina aussi.

– S'il vous plaît. Rendez-la-moi.

– Je te la rends. Tu peux venir la chercher. 48, rue Vasco-de-Gama. Code : 2234B. Troisième étage, porte droite.

– Ne lui faites pas de mal.

– Je te quitte. C'est la fin.

– Quelle fin ?

– À ta place, je me dépêcherais. »

/ 16 /

Sensation d'avoir quitté le monde réel, comme si j'avais été transporté malgré moi dans un univers parallèle. Mes gestes, infiniment plus rapides que mes pensées, échappant à mon contrôle pour commander mes mouvements, enfiler un pantalon, mon manteau, me précipiter dans les escaliers, courir jusqu'au métro sans même me demander si c'est le moyen le plus rapide pour arriver à destination. Je recouvre quelque peu mes esprits au son qui avertit de la fermeture imminente des portes de la rame, accroché à la barre de maintien, essoufflé, transpirant. Deux changements jusqu'à la rue que ce malade m'a indiquée. Par chance, je la situe pour m'y être déjà rendu par le passé, quinzième arrondissement, ligne 8, direction Balard, sortie Lourmel. Une bonne demi-heure de trajet. Que ces minutes sont longues.

Je croise une patrouille dans les couloirs de la station Opéra. J'aurais peut-être dû commencer par ça, avertir la police, composer le 17, ou mieux, appeler l'un des superflics que j'ai côtoyés quand j'étais au ministère et lui demander d'envoyer un équipage. Il serait déjà sur site, bien avant moi, rompu à ce genre d'intervention.

Premier réflexe, naturel, évident, quand on n'a rien à se reprocher. Je n'ai rien à me reprocher. Enfin, je crois. En tout cas, je n'ai appelé aucun superflic. De toute façon, ça n'aurait rien changé. Rigoureusement rien. Je l'avais deviné dès les premiers mots prononcés. Son ton était monocorde. Sa voix ne tremblait pas. Ce type n'avait pas peur. Il ne déviera pas de sa trajectoire. Sa détermination est totale. Il mettra son plan à exécution – qu'importe le prix à payer. Que je le veuille ou non, que je l'accepte ou non, les dés étaient jetés.

Fin du voyage, je remonte à la surface, saisi par l'air vif, ébloui par le soleil rasant. Je devrais à nouveau courir. Pourtant, je me contente de marcher. Comme ça, au moins, je n'attire pas l'attention. Mauvais prétexte. La raison est tout autre. En vérité, mes jambes tremblent tellement qu'elles ont du mal à me porter.

48, rue Vasco-de-Gama. Je compose le code. J'entre. Immeuble bourgeois, plaques dorées sur les boîtes aux lettres, moquette pourpre dans les escaliers. Je monte au troisième étage. Pas un bruit. Je m'entends respirer sur le palier. La lumière s'éteint au moment où je repère la porte de son appartement, imperceptiblement entrebâillée. Je m'en approche. M'immobilise un instant. La pousse doucement…

Un couloir central, deux ouvertures sur la gauche, trois sur la droite… Image fixe… Temps à l'arrêt… Je voudrais n'avoir jamais écouté mon ministre et cette idée folle, n'avoir jamais revu Franck, qui a eu tort d'accepter ma proposition, n'avoir jamais rencontré Mélina, que j'aurais mieux fait de raisonner, moi qui l'aime déraisonnablement, elle qui joue à un jeu si dangereux, n'avoir jamais participé à cette spirale infernale, qui fait que je me retrouve là, maintenant…

Je dois avancer, sur la pointe des pieds, au ralenti, les sens en alerte, mon corps ramassé sur lui-même, prêt à bondir – comme si je m'apprêtais à prendre mon adversaire par surprise. Posture instinctive. Et sotte, surtout. Ce n'est pas lui, la proie. De toute évidence, il a décelé mon arrivée. Il a senti ma présence : il m'attend.

La dernière pièce sur la droite, forcément. L'intérieur m'est invisible. Mais je suis suffisamment proche désormais pour voir ce qui, depuis cette chambre, s'est répandu jusque dans le couloir. Sur le carrelage. Cette forme rouge et luisante. Cette flaque de sang.

/ 17 /

« Tu es sûre que ça va ?

– Oui.

– Vraiment ?

– Vraiment.

– Tu trembles de partout… Tu as froid ?

– Un peu.

– Il faut mieux te couvrir… Voilà… Tu as mal quelque part ?

– Au crâne. Mal au crâne.

– Tu veux un cachet ? Je vais te chercher de l'aspirine.

– Non, Miamour. Pas d'aspirine. J'ai seulement besoin de repos. »

Elle se tourne sur le côté et ferme les yeux. Je l'embrasse sur la tempe, lui caresse la joue, les cheveux. Au bout de quelques minutes, elle paraît plus détendue. Peut-être endormie. Sa respiration est régulière. Je la quitte sans faire de bruit.

Fauteuil dans le salon, en alternance avec clopes sur le balcon… Je me refais le film des événements du matin…

Mon premier regard pour Mélina, blême sur sa chaise, les pieds et les poings liés, la bouche recouverte d'un sparadrap, paralysée par l'effroi, terrorisée mais consciente, hébétée mais en vie. Le corps de ce type dont je ne verrai jamais le visage, allongé dans son sang, ventre contre terre, un couteau de cuisine à ses côtés. Veines tailladées dans le sens de la longueur. Il ne s'était pas raté. La délivrance de celle que j'avais cru perdre. D'abord le sparadrap, avec délicatesse, puis les cordelettes en m'excitant sur ces nœuds trop serrés. Cet objet rectangulaire, déposé devant elle, à même le sol, un dictaphone, que je m'empressai de ranger dans la poche de mon pantalon. Le corps sans énergie de Mélina, engourdi, amorphe, d'où mes difficultés à le transporter pour l'allonger précautionneusement sur le lit de la pièce attenante – opération d'autant plus périlleuse qu'il fallut enjamber la mare d'hémoglobine. Ses premières paroles murmurées, il fallait qu'on parte vite d'ici, *bien sûr, ma belle, ne t'inquiète pas, on va partir, reprends juste quelques forces, attends-moi un instant, je reviens tout de suite et on se tire, promis.*

Mon retour dans la pièce où le drame s'est joué, à la fois salon et salle à manger, malodorante et sale, jonchée d'emballages ouverts, de papiers froissés, de restes de nourriture et de canettes écrasées, ambiance glauque, assombrie par les volets mi-clos et les rideaux tirés. Une évidence qui s'impose alors à moi : attenter à ses jours est un acte solitaire. Supprimer par conséquent toute trace de la présence d'un tiers. Commencer par vérifier l'absence de marques au sol, d'empreintes ou de cheveux de Mélina. Ne pas toucher le cadavre, ne pas marcher dans le sang, se borner à remettre la chaise à l'emplacement qui lui revient, parmi les autres, autour de la table, à ramasser le sparadrap et les bouts de ficelle, à les enfourner dans le sac en plastique déjà bien rempli qui traîne parmi les détritus et à le garder avec moi, je m'en séparerai plus tard, dans une poubelle de rue.

Mon œil attiré par la feuille de papier placée de manière visible au milieu de la table de la salle à manger, à l'instant de quitter les lieux. Ma satisfaction à la lecture des mots qui y sont griffonnés : *Ma femme est morte. Je n'ai plus aucune raison de vivre. Sans elle, ça n'aurait pas de sens. Je ne vois pas pourquoi j'insisterais. Pardon.*

Un dernier balayage visuel pour contrôler que cette scène macabre respecte les codes usuels du drame sinistrement ordinaire : un mobile (la lettre), un mode opératoire (le couteau), un corps sans vie (le suicidé), et c'est tout.

Mélina que je retrouvai debout, appuyée à un mur de la chambre, fébrile mais vaillante, *s'il te plaît Miamour, allons-y*. Ses premiers pas dans le couloir, d'abord hésitants, puis de plus en plus assurés. La porte que nous refermâmes doucement derrière nous, l'absence de témoins sur le palier, dans l'ascenseur, jusqu'au hall d'entrée de l'immeuble, tant mieux. Le sac contenant les instruments de torture que je balançai dans un bac à ordures, à l'angle avec la rue de Vaugirard, juste avant de héler le taxi qui nous ramènerait chez elle. J'aurais préféré nous fondre dans la foule pour éviter d'attirer l'attention mais l'urgence était de nous mettre à l'abri.

Notre voyage de retour, sa tête sur mon épaule, ma main dans la sienne, sans prononcer un mot. La sensation plutôt agréable que ce trajet n'en finissait pas, comme si le temps avait suspendu son vol.

Notre arrivée à domicile, mes gestes pour la débarrasser de son manteau, la serrer dans mes bras. Le verre d'eau que je lui fis boire avant de l'inviter à se coucher. Mon soupir de contentement quand, enfin, elle se glissa sous les draps.

Énième check-up dans ma tête pour vérifier que nous avons évité tout risque d'être confondus. Il me semble que oui. Là-bas, nous n'existons pas. Nous n'avons jamais existé. Rien ni personne ne peut faire le lien entre ce pauvre bougre et nous.

Les faits sont d'une triste banalité. Reclus chez lui, manifestement à la dérive depuis le décès de son épouse, un homme désespéré met fin à ses jours. Voilà. C'est tout. Nous n'y sommes pour rien.

Si ce n'est pas déjà le cas, les secours, la police ou les deux réunis ne tarderont pas à le retrouver, collé à son sang tout sec. Ils verront le couteau. Ils liront la lettre. Ils ne se poseront pas de questions. Les flics ne trouveront aucune raison valable d'entamer un quelconque travail d'investigation. Ils ne procéderont à aucun relevé des empreintes laissées dans l'appartement. N'auront pas le réflexe d'accéder à l'historique des appels dans son téléphone. Un médecin constatera le décès. Les secouristes rangeront la dépouille dans un grand étui noir. Fermeture Éclair… Brancard à roulettes… Mouvement…

Provisoirement séparé de sa femme, le mari inconsolable aura alors doublement accompli son vœu de la rejoindre : à la morgue et dans l'au-delà.

Sale affaire. Mauvaise journée. Maigre bilan : un seul mort aujourd'hui. En chair et en os. Certes. Mais du coup, j'ai laissé tous les autres de côté. Ils m'attendent. Je devrai à nouveau m'en occuper dès demain, remettre les pendules à l'heure, recommencer à les célébrer. Il m'en coûtera. Je reprendrai mon travail sans enthousiasme. Un peu marre des morts. Un peu trop envahissants, trop présents dans ma vie. Je ne serais pas opposé à l'idée de prendre congé d'eux, quelques jours durant…

Dehors, il fait nuit. Je n'ai pas vu passer l'après-midi – sans doute me suis-je par moments assoupi. Assez gambergé. L'heure de la soupe approche. Je vais la préparer, dans l'espoir que Mélina en veuille quand elle se réveillera. J'en mangerai aussi. Mais pas que. J'ai faim. Très faim. Normal. Ventre creux. À midi, il était tellement noué qu'il n'avait rien réclamé.

Éplucher les légumes à l'aide de l'économe ne me pose aucune difficulté. J'ai en revanche un peu plus de mal avec le couteau de cuisine…

Bruits de pas dans mon dos, tandis que je verse les légumes bouillis dans le mixer. Mélina encore pâle mais qui me sourit, très sexy dans son gros pull de laine, les jambes nues.

« Oh, la bonne soupe ! Tu es si gentil.

– Je t'aime encore plus que je suis gentil. C'est dire ! Tu vas en manger, j'espère ?

– Volontiers !

– Poireaux, pommes de terre, potimarron et deux navets. Je n'ai rien de mieux en stock.

– C'est merveilleux.

– Comment te sens-tu ?

– Bizarre. Sonnée. Comme si je sortais d'un cauchemar. Mais ça va.

– Tu veux qu'on en parle ? On n'est pas obligés…

– On n'est pas obligés… Et puis, ça servirait à quoi ? Il est mort. Elle est morte. Nous sommes vivants… Tu ne rajouterais pas du piment d'Espelette ?

– Tout comme tu veux, ma chérie… Piment d'Espelette à volonté ! Ça y est, c'est prêt ! »

La table est mise. Nous nous y installons. Le potage semble à son goût. Je suis heureux d'avoir trouvé un vieux saucisson dans le frigo, ainsi qu'une bière dont je propose la première gorgée à Mélina : elle la siffle d'une traite, au goulot. Même si Mélina est moins bavarde que d'ordinaire, ses pensées ne sont pas totalement avec moi.

« Miamour ?

– C'est moi…

– Tu sais, ce soir, je suis de service. Je vais devoir y aller.

– Pardon ?

– Au travail. Je vais aller travailler.

– Mais tu n'es pas en état !

– Si. Pas le choix.

– Pourquoi ?

– Parce qu'il le faut. Parce que je dois…

– Tu dois quoi ?

– C’est évident : faire comme si tout était normal. Comme si de rien n’était.

– Sauf que ce n’est pas le cas. Tu te rends compte de ce qui t’est arrivé ?

– Oui.

– Tu réalises ce qu’il t’a fait endurer ?

– Je réalise surtout qu’on m’attend là-bas. Je n’ai jamais été absente. Jamais malade. Je ne vais pas commencer aujourd’hui.

– Tu aurais pourtant des raisons valables…

– Je ne veux pas qu’on se questionne. Ni qu’on me questionne, d’ailleurs. Je ne tiens pas à éveiller le moindre soupçon.

– De quoi veux-tu qu’on te soupçonne ?

– De rien. Mais quand même. Je culpabiliserais, si je n’y allais pas.

– Tu aurais tort de culpabiliser.

– Crois-moi, c’est mieux comme ça…

– Tu ne veux pas qu’au moins je t’accompagne ? Que je vienne te chercher demain matin ?

– On a dit : comme si de rien n’était.

– Bon…

– Il reste des yaourts ? »

La voix, la gestuelle, les traits de son visage. La tendresse qu’elle me voue. La délicatesse de ses attentions…

Mélina est l'incarnation de la douceur. Depuis que je la connais, je me sens plus équilibré, plus serein. Elle me fait un bien fou. Tout en elle me met le cœur en joie. Tout chez elle produit sur moi des effets réconfortants… En principe.

Ce soir, c'est différent. Sa voix est moins enjouée qu'à l'accoutumée. Ses gestes n'ont pas la même fluidité – comme si les muscles de son corps étaient parcourus d'imperceptibles secousses. Elle se mordille l'intérieur des joues. Des rides en vaguelettes creusent des sillons sur son front. Son regard est sombre et ses sourires font semblant. Elle montre des signes d'anxiété auxquels elle ne m'a pas habitué. Cela n'a rien d'étonnant. Ma bien-aimée a traversé une rude épreuve. Elle a subi une agression d'une violence rare. Elle s'en remettra peu à peu et je serai à ses côtés. Prévenant et drôle. Affectueux. Adorable. Irréprochable. Épatant.

« Tu ne travailles pas, ce week-end ?

– Non. Je bosse ce soir. Demain soir. Après, j'ai trois jours de repos.

– Si on allait voir la mer ? Quelque part sur la côte normande. Histoire de nous aérer un peu. Ça te dit ?

– Oui, Miamour ! Énormément.

– J'estime qu'on l'a mérité. Surtout toi.

– Je ne sais pas ce qu'on a mérité mais je suis quand même d'accord.

– Tu veux une tisane ?

– Plus rien, merci.

– Un carré de chocolat ?

– Même pas.

– Demande-moi quelque chose. N'importe quoi. J'ai besoin de me rendre utile…

– Quelle heure est-il ?

– Vingt heures dix.

– Si vraiment tu y tiens, va ouvrir les robinets de la baignoire. Bien chaude, l'eau, s'il te plaît. Avec de la mousse.

– Un bon bain pour te détendre. Excellente idée !

– Oui…

– J'y cours, j'y vole ! À toute allure !

– Pas de panique… J'ai encore un peu de temps devant moi. »

/ 18 /

J'ai insisté une dernière fois, après son bain, dans l'espoir qu'elle change d'avis… Peine perdue. Elle a dit ce qu'elle ferait et elle fait ce qu'elle a dit : comme toujours. Je n'ai pas d'autre choix que celui d'obtempérer, tout en prenant garde à me montrer attentionné et prévenant pour ne pas la froisser : comme d'habitude. Je veille à ce qu'elle s'habille chaudement, obtiens de pouvoir l'escorter jusqu'à la bouche de métro… Un sourire. Un baiser. Un signe de la main. Elle s'éloigne de moi, disparaît sans se retourner. Je réalise que je continue de sourire bêtement alors qu'elle n'est plus là. Je regagne l'appartement à grandes enjambées.

J'avais planqué le dictaphone dans un tiroir du dressing, sous mes chaussettes et mes caleçons. Je m'empresse de le récupérer. Écran tactile. Stockage numérique. Objet qui m'est familier, le genre de modèle dont je faisais régulièrement usage quand j'officiais en ministère, plus commode que la prise de notes en réunion pour ensuite se souvenir de tout ce qui a été dit, restituer fidèlement tel ou tel propos. La vieille école, je l'admets, depuis que les Smartphones font la même chose mais en mieux. Qu'y puis-je, on ne se refait pas.

En mode automatique, l'appareil se déclenche au moindre bruit et s'arrête dès que le silence règne. Un bip sonore signale chaque nouvelle séquence…

J'ouvre le dossier des enregistrements. Il ne contient qu'un seul fichier, intitulé : « 25_26_novembre_nuit ». Le pavé numérique indique la durée totale de l'enregistrement : six minutes et quatorze secondes ; et le nombre d'extraits : huit.

Il me l'avait dit. Il ne mentait pas. Tous les bruits émis depuis la chambre d'hôpital de son épouse dans la nuit de lundi à mardi sont là, devant moi, à ma disposition, dans le boîtier. Je ferais peut-être mieux de m'abstenir. Ma chérie ne m'a-t-elle pas dit tout à l'heure : « Ça servirait à quoi ? »

Je fais glisser le curseur sur la gauche pour revenir au début et j'appuie sur Play…

Bip.

« Il est tard. Essaie de dormir un peu. Je reviens demain matin.

– J'ai peur dans le noir.

– Il ne fait pas noir. Il y a de la lumière. Je ne touche à rien.

– Même…

– L'infirmière m'a dit qu'elle passerait te voir toutes les heures. Tu es entre de bonnes mains.

– Non. J'ai peur.

– Ne crains rien. Ça va aller. Je t'aime. De tout mon cœur… »

Bip.

Une interminable complainte. D'abord, une série de râles épouvantables, en alternance avec des petits cris brefs et stridents, semblables à des glapissements. Puis une espèce de chuintement étrange, la respiration pénible, le souffle court. Un hurlement soudain, finalement interrompu par une succession de crachats et des vomissements… Insoutenable.

Bip.

« Vous avez mal où ?

– Partout.

– Je vais vous donner quelque chose. Quelque chose de très fort. Normalement, ça devrait faire son effet.

– Merci. »

Bip.

Nouvelle complainte. Plus longue encore que la précédente. Encore plus insoutenable. Je baisse le volume, à défaut de me boucher les oreilles.

Bip.

« Mélinaaaaa !... Mal !... Mal !... Mélinaaaaa !

– J'arrive. Je suis là. Ouvrez les yeux... Regardez-moi... Regardez comme je vous souris... Vous pouvez me sourire ?

– Maaaaal !...

– Ça va aller. Ça va passer. Je prends votre main. Vous sentez ma main dans la vôtre ? Oui. Vous la sentez... Continuez de me regarder. Je ne vous quitte pas. Je ne vous quitte plus. Je reste avec vous... Je vais juste lâcher votre main quelques secondes pour vous faire une petite piqûre qui va vous soulager. Après, ça ira mieux. D'accord ? »

Pendant près de trente secondes, une voix monocorde émet une sorte de tremblotement pathétique. On dirait un bêlement.

« Voilà. C'est fait. Maintenant, vous allez dormir. Profondément... Fermez les yeux. Pensez à quelque chose de beau. Ou à quelqu'un que vous aimez... Comptez avec moi jusqu'à dix. Un... Deux... Trois... Quatre... »

Le bêlement se mue en respiration rauque et saccadée.

Bip.

« Le repos éternel. Adieu, Élise. Vous êtes bien là où vous êtes. Dormez en paix. »

Bip.

« Vous étiez présente ?

– Non, docteur. À trois heures, elle était encore en vie. Je suis repassée une heure plus tard. Elle ne respirait plus.

– Heure du décès : celle où vous lui avez fermé les yeux. On va dire quatre heures. C'est à peu près ça ?

– À peu près.

– Faites évacuer le corps.

– Bien, docteur. »

Bip.

« Aide-moi à la soulever.

– À la une, à la deux !…

– La pauvre ! Elle ne pesait plus grand-chose.

– Allez, en avant… »

Roulettes qui grincent.

Porte qui claque.

Fin de l'enregistrement.

Quel dégoût! Quelle horreur! Quelle infamie! Je n'en crois pas mes oreilles, et pour cause: ce que je viens d'entendre dépasse l'entendement. Quel mécanisme de l'esprit peut conduire à opter pour une solution si extrême, si radicale? Comment peut-on en arriver là? Dissimuler un dictaphone dans une chambre d'hôpital, à l'insu de son épouse à l'agonie… Ce type était vraiment tordu. Un grand malade.

Je ne suis pourtant pas né de la dernière pluie. Dans ma vie antérieure, j'en ai croisé des personnalités politiques prêtes à tout pour parvenir à leurs fins, aussi perfides que manipulatrices, machiavéliques, sans foi ni loi. Qui auraient tué père et mère pour obtenir un poste, une investiture, une promotion – mais pas comme ça. Je les vomissais. Elles me répugnaient. Plutôt que de les affronter, je m'évertuais à prendre mes distances ou de la hauteur. Face à elles, je n'éprouvais que de la pitié ou du mépris. Mais de la colère, jamais. J'ai toujours considéré cette dernière comme mauvaise conseillère. Et lui ai toujours préféré la maîtrise de soi. Je n'y peux rien, c'est ainsi: j'ai le sang froid.

Or, là, je bous. Brûlant de l'intérieur. De la lave en fusion coule dans mes veines. Le volcan qui sommeillait en moi est proche de l'éruption.

Dans l'entrée, un placard. Au fond du placard, une caisse à outils. Dans la caisse à outils, un marteau. Aveuglé par mes sentiments, sourd à toute pensée rationnelle, terrorisé à l'idée de perdre Mélina, je m'en empare, retourne dans la cuisine, pose le dictaphone sur le plan de travail, le recouvre d'un torchon pour éviter les éclats.

La forme rectangulaire me fait penser à un cercueil sous son drap mortuaire.

À grands coups de marteau, avec acharnement et de toutes mes forces, je le pulvérise en mille morceaux.

/ 19 /

Samedi 30 novembre, vingt heures quinze, Grand Hôtel de Cabourg.

Nous quittons la chambre pour le restaurant. Le maître d'hôtel en habit noir nous réserve un accueil courtois, ponctué d'un sourire affable. Il nous conduit jusqu'à notre table, en bordure de la baie vitrée. Salle immense au luxe ostentatoire, décorée en son centre d'un somptueux bouquet de roses, clairsemée de clients moins nombreux que le personnel de service. Dehors, des badauds arpentent la promenade qui longe la plage sous un ciel étoilé. La lune est pleine. Ses rayons se reflètent sur la mer calme, retirée dans le lointain… Une ambiance romantique à souhait.

Depuis les événements de jeudi, je simule le retour à la normale. Lorsque Mélina est rentrée de l'hôpital, hier matin aux aurores, je lui ai préparé son café et beurré ses tartines. Je me suis ensuite rendu sur mon lieu de travail où j'ai célébré des enterrements à la pelle : quatre papys, deux dames âgées, un jardinier tombé de son arbre, une cycliste fauchée par un bus, un ouvrier écrabouillé par un bulldozer sur un chantier, une jeune femme victime d'une méningite foudroyante, deux cancéreux en phase tellement terminale qu'ils en ont désormais terminé.

Une fois mes textes achevés, j'ai cédé au rituel des courses, du retour au bercail et de la popote délicatement mitonnée. Nous avons dîné devant le poste pour suivre les actualités. Mélina est repartie pour la troisième nuit consécutive dispenser ses soins. À son retour, elle m'a affirmé avoir pu dormir quelques heures. Nous avons par conséquent mis à exécution notre projet de vadrouille. En début d'après-midi, nous étions en Normandie. Nous avons enfilé nos cirés jaunes.

Pendant près de deux heures, nous avons marché dans le sable, pieds nus, bas de pantalons retroussés. Nous avons fait une sieste même pas crapuleuse. Nous nous sommes relayés dans la salle de bains, prenant notre temps pour nous préparer.

Nous passons maintenant commande d'un plateau de fruits de mer…

Tout bien. Tout normal… Sauf nos silences. Interminables. Pesants. Inhabituels. Ils ne nous ressemblent pas. D'ordinaire, nous sommes bavards. Nous ne manquons pas de sujets de conversation. Nous échangeons, sur tout, sur rien, le réchauffement climatique et l'état du monde, le choix du prochain film qui nous fait envie ou de la couleur des murs que nous projetons de repeindre, Dieu et la science, la pluie et le beau temps... Pas ce soir. Pas depuis jeudi... Les mots ne viennent pas. Les regards fuient. Nos mines ne sont pas vraiment réjouies... Si quelqu'un nous observait à cette table, il soupirerait à la vue d'un spectacle à ce point affligeant – quoique commun : celui d'un vieux couple usé qui sombre dans l'ennui, dont la flamme s'est éteinte, au point de n'avoir plus rien à se dire...

Sauf que si. Nous avons à nous dire. Elle d'abord. Elle devrait. Prendre l'initiative. Passer aux aveux. Se confesser. Ça lui ferait du bien. Moi, dans le fond, je m'en fiche. Je sais tout. J'ai compris. J'ai surtout compris l'essentiel : je lui ai pardonné. Je l'acquitte. Je l'absous. Je la délivre de ses tourments, de ses errements, de ses péchés. Je ne retiens contre elle aucun chef d'accusation. J'efface l'ardoise et j'oublie.

Après tout, j'aurais pu en arriver à la même conclusion (peut-être) si j'avais eu un avis expert sur le sujet. D'autres ne s'en seraient pas privés s'ils avaient été consultés : le médecin régulièrement confronté à ce genre de situation ; le juriste spécialiste des textes relatifs à l'acharnement thérapeutique, à la législation en vigueur et à son interprétation ; ou même le philosophe qui en impose par la somme de ses connaissances sur notre place dans l'univers, la force de ses convictions sur le sens de la vie. Il se trouve que je ne suis ni médecin, ni juriste, ni philosophe. Sans titre ni qualification. Dépourvu de toute expertise dans un domaine qui, de surcroît, ne supporte ni la conversation de comptoir ni l'à-peu-près. À l'évidence, je suis parfaitement illégitime à exprimer un avis sur la question. Ce serait ridicule. À mourir de rire.

La réponse est ailleurs. Pas dans mon cerveau. Dans mon cœur. Je l'aime. D'un amour indescriptible, indestructible. D'un amour sacré. Plus fort que la mort… *L'amour plus fort que la mort.* Ce n'est pas seulement écrit dans le Cantique des cantiques. Cet amour-là est aussi inscrit en moi. Pour l'éternité. Il ne condamne Mélina à rien. Sauf à ce que je la chérisse à perpétuité.

Le plateau de fruits de mer nous est servi alors que nous avons presque achevé la bouteille de blanc. Mélina paraît bouleversée. Je mets l'humidité qui fait briller ses yeux sur le compte de l'ivresse.

Soif étanchée mais faim de loup. Envie d'attaquer par les bulots. Elle me devance en mettant les pieds dans le plat.

« Tu as écouté l'enregistrement, n'est-ce pas ?

– Ce tourteau est magnifique. Tu veux que je te décortique les pinces ?

– Arrête, s'il te plaît. Dis-moi plutôt. Tu as écouté ?

– Oui.

– Tu as donc tout entendu ?

– Tout.

– Elle n'était plus que douleur. Je ne le supportais plus.

– Je sais, ma chérie. Je sais…

– Comment supporter l'insupportable ?

– Je ne peux pas te répondre. Je n'y ai pas été confronté.

– Moi si. Souvent. Très souvent. Je ne m'y suis jamais habituée.

– Tu aurais pu demander à être déchargée de cette patiente ?

– Je déteste fuir.

– C'est parfois la seule issue possible.

– Quand on fuit, on finit toujours par se faire rattraper.

– C'est ton point de vue.

– C'est un fait.

– Ça t'aurait un peu soulagée.

– Moi, peut-être. Elle, certainement pas.

– Et les trois règles, alors ? Celles que tu étais censée respecter systématiquement avant de passer à l'acte ?

– Je t'ai menti. Je les ai bafouées.

– Combien de fois ?

– Un certain nombre.

– Combien, au juste ?

– Je ne sais pas.
– Plusieurs dizaines ?
– Je n'ai pas compté.
– Pourquoi ne m'en as-tu jamais parlé ?
– Ça aurait changé quelque chose ?
– On ne peut pas savoir.
– Tu aurais essayé de me raisonner ?
– Je ne pense pas.
– À quoi ça aurait servi, alors ?
– À partager… Nous aurions partagé… Quand on aime, on partage tout, non ?
– Sauf certaines souffrances. Il y a une limite à tout.
– Même avec la personne qu'on aime ?
– Surtout avec la personne qu'on aime. C'est du moins ce que je pensais. Je me suis trompée. J'aurais dû…
– Probablement.
– J'ai voulu t'épargner.
– Tu vois le résultat !
– Je suis désolée…
– Peu importe. C'est du passé… »

Je hèle un serveur pour qu'il nous amène une autre bouteille. Il s'empresse de s'exécuter et de remplir nos verres. Je décortique une pince de homard dont je propose la chair à Mélina. Refus poli. Elle préfère boire encore…

« Je ne recommencerai pas. C'est promis.
– J'espère bien.

– Ça dépasserait mes forces…

– Garde-les pour m'aimer. »

Mélina tremble comme une feuille. Je crains qu'elle ne s'évanouisse. Je lui tends la main. Elle s'en saisit. Ses doigts sont glacés…

« Tu m'en veux à mort ?

– Absolument pas.

– Tu as tort.

– Pourquoi ?

– Parce que tu devrais… »

Elle s'effondre en larmes. Tous les regards sont tournés vers nous. Je m'en moque éperdument.

« Tu es épuisée. Toutes ces émotions…

– Je n'en peux plus, Miamour… Au bout… À bout… »

À l'aide de sa main libre, elle cherche à se saisir de son verre. Trop confuse pour réaliser qu'il est vide. Trop maladroite pour y parvenir. Le verre roule sur la table, vole en éclats en se fracassant sur le parquet.

Elle pousse un cri épouvanté.

Je la soutiens jusque dans la chambre.

Recroquevillée sur le lit, incapable de se calmer, les cheveux détrempés par ses sanglots.

J'éteins la lumière et je m'emboîte à elle.

« Pleure, ma douce. Demain, ça ira mieux… »

/ 20 /

Réveil en douceur, au terme d'une nuit bien plus agréable que la soirée écoulée : nous avons dormi d'un sommeil profond après deux étreintes sans entracte, nos corps haletants, transpirants, déchaînés.

Située au dernier étage de l'hôtel, la chambre donne sur la mer. Marée basse et calme plat. Un immense paquebot coupe la ligne d'horizon dans le lointain. Les reflets du soleil allument des étoiles éphémères qui scintillent dans les vagues. Penchés sur leurs épuisettes géantes, des pêcheurs de crevettes traversent en cuissardes les étendues d'eau salée, épiés par des mouettes envieuses. Des enfants creusent le sable pour jouer à s'y enterrer… Le tableau est parfait. La vue est splendide. Elle n'égale pas celle qui m'est offerte par le dos dénudé de Mélina, assise au bord du lit, les mains sagement posées sur ses cuisses, la tête penchée en avant, les yeux mi-clos. J'observe le mouvement imperceptible de ses lèvres. Je l'entends qui murmure…

« Tu fais ta prière ?

– Tu sais bien que je ne crois pas en Dieu.

– Tu fais quoi, alors ?

– Je récite.

– Un poème ?

– Pas exactement.

– Tu ne veux pas me dire ?

– Si. Mais jure-moi de ne pas te moquer.

– Je te le jure.

– Je récite un article du code de la santé publique. L'article L. 1110-5-2…

– Tu es sérieuse ?

– Très.

– Et il dit quoi, cet article ?

– "À la demande du patient d'éviter toute souffrance et de ne pas subir d'obstination déraisonnable, une sédation profonde et continue provoquant une altération de la conscience maintenue jusqu'au décès, associée à une analgésie et à l'arrêt de l'ensemble des traitements de maintien en vie, est mise en œuvre lorsque le patient atteint d'une affection grave et incurable et dont le pronostic vital est engagé à court terme présente une souffrance réfractaire aux traitements."

– Tu le connais par cœur ?

– Tu vois bien !

– Et tu le récites souvent ?

– Tous les matins…

– Tu ne crois pas que tu devrais t'en abstenir ? Pas forcément la meilleure méthode pour décrocher, non ? Ce n'est pas comme ça que tu vas tourner la page…

– Je n'y peux rien. C'est plus fort que moi. Ça me fait du bien. J'en ai besoin.

– Si tu le dis…

– Toi aussi tu devrais l'apprendre par cœur… »

Nous sommes interrompus par le groom qui nous apporte le petit déjeuner ; je l'avais commandé pour neuf heures. Elle enfile un peignoir de bain. Je me contente d'un caleçon. Nous nous installons autour d'une table joliment décorée d'une coupelle remplie d'eau, à la surface de laquelle flotte un authentique nénuphar dont la fleur jaunâtre est un peu fanée.

« On est bien, là, tu ne trouves pas ?

– On est bien.

– Ça va mieux qu'hier, non ?

– Ça va.

– Tu ne manges pas ton croissant, ma chérie ?

– Tu peux le prendre. Je n'ai pas très faim.

– Moi si…

– Pas comme au premier matin. Tu t'en souviens, de notre premier matin ? Quand je suis revenue de la boulangerie ? Tu faisais la gueule…

– Bien sûr que je m'en souviens. Comment pourrais-je oublier ?

– C'était un drôle de commencement…

– Oui…

– C'est déjà loin. Tous les commencements ont une fin…

– En effet…

– Ce qui est moins réjouissant, c'est que toutes les fins ont un commencement…

– Pourquoi tu dis ça ?

– Pour rien. Je m'égare. Pardonne-moi…

– Tu sais bien que je te pardonne tout… »

J'ignore si ce sont les paroles que je prononce qui produisent sur elle cet effet. Toujours est-il que Mélina, comme hier soir, se remet à trembler. Des vaguelettes se forment à la surface de la tasse de café qu'elle tient entre ses doigts. Sensation qu'elle pourrait s'évanouir à tout moment. Je fais le tour de la table pour m'approcher. Elle reste assise. La tristesse du regard qu'elle lève vers moi me transperce le cœur. J'hésite à m'agenouiller devant elle. Je finis par l'inviter à se hisser à ma hauteur. Elle s'enroule à moi, je m'enroule à elle et nous ne bougeons plus. J'ai l'impression de serrer du cristal contre moi…

J'aurais pu demeurer ainsi jusqu'à la fin des temps. Mais, au bout de quelques secondes, elle préfère se décoller.

« Viens, Miamour. On rentre à la maison. »

/ 21 /

Noël dans une semaine. Nous ne réveillonnerons pas ensemble.

Mélina me quitte aujourd'hui. Nous nous séparons. Là. Maintenant. Dans quelques instants. Sans cris. Sans heurts. Paisiblement. Le temps de nous dire adieu. Je lui sourirai une dernière fois. Elle me sourira aussi. Puis elle s'en ira. De toute façon, ce n'était plus possible. Le seuil était franchi. Nous n'avions plus le choix. Il nous fallait en arriver à cette extrémité. D'un commun accord.

De retour de Cabourg, ma chérie n'a pourtant pas ménagé sa peine pour essayer de me donner le change. Elle a tout fait pour que nous reprenions le cours d'une existence heureuse – du moins en apparence. Le jour, elle s'est montrée aussi tendre qu'avant, et encore plus désirable la nuit. Elle m'a rassuré en affichant avec constance une humeur joyeuse. Elle a renoncé à son casque sur les oreilles pour que nous partagions des musiques complices. Elle est passée chez le fleuriste pour remplacer ce citronnier que j'aimais tant mais qui avait pris froid sur le balcon. Elle n'a pas cessé de me couvrir d'amabilités et de compliments. Elle a consacré tout son temps libre à s'occuper de moi, du mieux qu'elle le pouvait. Elle m'a fait la surprise de rentrer en avance du travail pour préparer le repas. Elle a cédé à mon envie d'aller voir le dernier *Spider-Man* au Grand Rex. Elle m'a ramené au musée Rodin pour la quatrième fois, parce qu'elle connaît ma fascination pour *La Porte de l'Enfer*, mais aussi pour serrer longuement ma main dans la sienne devant *Le Baiser*. Elle a revisité ma garde-robe, m'a acheté mon eau de toilette préférée. Elle a reconstitué mon stock de bières aux saveurs originales. Elle m'a même autorisé à fumer dans le salon…

J'ai été très touché par toutes ses attentions.

Avec le recul, je réalise combien cela a dû lui coûter en efforts, en simulacre, en dissimulation.

Ce sont ses jambes qui l'ont trahie. Elles ont mis un terme à cette comédie. C'était avant-hier, en soirée, au moment de sortir de table. Elle s'est levée, a voulu faire un pas en avant. A échoué. Elle a voulu insister. En vain. Elle a juste eu le temps de dire : « Oups ! » avant de s'effondrer, saisie alors d'affreuses convulsions au niveau des membres inférieurs. Les secousses ont peu à peu envahi tout son corps.

Je me suis précipité vers elle. J'ai vite glissé ma main sous sa tête qui commençait de cogner contre le sol. Un filet de bave coulait de sa bouche tordue… Je n'ai pas su dire autre chose que : « Ça va passer… Ça va passer… » Et c'est passé. Elle s'est calmée. Toutes ses tensions l'ont quittée. Puis toutes ses forces. Quand je l'ai allongée sur son lit, elle était molle comme une poupée de chiffon…

J'ai attendu qu'elle recouvre ses esprits pour qu'elle me donne ce qu'il lui restait à me donner. Des explications.

Pas de chance, ce salopard qui l'avait kidnappée était technicien dans un laboratoire de biologie médicale. Il s'y connaissait en poisons. Il savait que la dose qu'il l'avait forcée à avaler, alors qu'elle était semi-consciente, lui serait fatale. Il avait poussé le raffinement jusqu'à lui en indiquer la nature. Du thallium. Un métal lourd qui nécrose tout de l'intérieur – os, muscles, organes vitaux, cellules nerveuses –, de manière lente et progressive. Il n'avait pas manqué de lui préciser qu'au bout de quelques jours, trois à quatre semaines tout au plus, les douleurs deviendraient insoutenables. Les ultimes paroles prononcées avant de se tailler les veines lui souhaitaient la pire des agonies…

Mélina avait décidé de m'épargner. Avait repoussé l'échéance de sa confession jusqu'aux confins du possible, donc de sa vie. J'aurais préféré qu'elle m'associe dès le départ à chacune des étapes de ce processus implacable.

Or, elle avait envisagé les choses autrement. Je ne lui en ai pas voulu. L'heure n'était plus aux reproches. Nous n'en avions plus le temps.

Elle ne me décrivit pas ses souffrances. Je n'ai jamais su ce qu'elle endura, exactement. Elle me dit seulement qu'elle voulait en finir, qu'elle n'irait pas jusqu'au bout, qu'il était hors de question qu'elle s'inflige et qu'elle m'inflige le spectacle hideux de sa déchéance.

Je lui ai demandé si elle acceptait que je l'accompagne. Elle acquiesça d'un signe de la tête. Je crois qu'elle fut très heureuse que ce soit moi qui lui fasse la proposition. Nous venions d'accomplir ensemble le premier pas sur le chemin de sa délivrance.

Nous avons convenu que ce ne serait pas pour le lendemain de ses aveux, mais pour le jour d'après. Nous avons fixé l'heure. Puis nous n'en avons plus parlé. Nous n'avons d'ailleurs presque plus parlé. Nous sommes restés dans l'appartement. Nous n'avons rien fait de spécial. Nous nous sommes regardés. Nous avons écouté nos respirations. Nous nous sommes enlacés. Je l'ai serrée fort à chacune de ses crises… Nous n'étions pas mal. Nous n'étions pas bien. Nous étions. Elle et moi. Présents l'un pour l'autre. En cadence. À l'unisson. Nous n'avons gâché aucun de nos ultimes moments.

Elle souhaita que ses obsèques n'en soient pas vraiment, ni fleurs ni couronnes, le cercueil le moins cher possible, des prestations funéraires réduites à leur plus simple expression.

Elle voulut que je n'avertisse personne, ni famille, ni amis. Que j'organise une crémation sans mise en scène – aussi minimaliste fût-elle. Et surtout, que je ne prononce pas le moindre discours. Les mots de la fin, c'était bon pour les autres. Pas pour nous.

Ce fut sa dernière volonté. Je dois admettre qu'elle me soulagea.

Nous y sommes. C'est l'heure. Il faut passer à l'acte. Le terme est échu.

Il y a quelques minutes, j'ai pourtant cru que nous en serions épargnés : sous les effets paralysants du poison distillé, tout s'était brusquement arrêté (mouvements des membres, battements des paupières, soulèvement de la poitrine, souffle), de longues secondes durant, comme si c'était fait. Ça ne l'était pas. Soudain, son corps avait recommencé à s'animer. S'était remis à vivre. Mais les traits de son visage avaient changé. Ils avaient l'air moins tirés. Elle me parut plus relâchée, presque radieuse, comme si quelque chose en elle l'avait libérée de tous ses maux, avant même que le délai n'arrive à expiration. Elle venait de faire un bref aller-retour dans l'au-delà – du moins me plut-il de le penser. Il lui avait donné un avant-goût de ce qui l'attendait. Les nouvelles n'étaient apparemment pas si mauvaises. J'en ressentis une sorte de consolation.

Le moment est venu. Nous le savons sans même nous le dire. Nous quittons la chambre pour le salon. Je l'installe dans le fauteuil. Elle pose elle-même le cathéter pendant que je caresse sa joue.

« Au revoir, ma chérie.

– Au revoir, Miamour… »

Je lui administre la première injection.

Elle se détend.

Je me force à lui rendre son sourire en attendant qu'elle ferme les yeux.

Elle s'endort…

La seringue dans une main et dans l'autre ses cheveux.

À mon tour, je ferme les yeux.

Je presse le piston et fais entrer le liquide dans ses veines.

/ 22 /

« Je résume. Vous avez pratiqué avec son consentement l'euthanasie sur votre compagne en fin de vie qui, elle-même, l'a pratiquée sans son consentement sur une autre femme, elle aussi en fin de vie, dont le mari s'est suicidé après avoir empoisonné la première citée. Vous reconnaissez les faits ?

– Je les reconnais.

– Vous conviendrez que c'est peu banal.

– J'en conviens, monsieur le juge… »

Avant de mourir, Mélina avait pris la précaution de consigner son accord par écrit, de sorte que je ne puisse pas être qualifié de meurtrier.

L'affaire fut portée devant les tribunaux. Mon avocat plaida l'obstination déraisonnable. Le magistrat du parquet ne fut pas particulièrement virulent. Je m'en suis bien tiré. Peine minimale. Un an avec sursis.

À la sortie du palais de justice, j'ai rendu visite à Franck pour lui annoncer que je renonçais à mon activité professionnelle morbide. Il en exprima des regrets et en profita pour me faire une confidence : le business que j'avais initié était devenu si florissant qu'il avait recruté dans mon dos plusieurs autres compositeurs. D'une certaine manière, j'en fus très honoré.

Dès qu'il apprit la nouvelle de ma disponibilité retrouvée sur le marché de l'emploi, mon ministre toujours en exercice me sollicita pour que je revienne travailler à ses côtés.

J'ai témoigné de l'intérêt pour son offre, à la condition expresse de ne plus jamais être sa plume pour les éloges funèbres. Il l'a acceptée.

J'ai repris le service depuis un mois.

J'écris des discours politiques à la chaîne pour répondre aux nombreuses commandes qui me sont passées.

Ils traitent de sujets très sérieux qui concernent le monde des vivants.

La plupart d'entre eux sont tristes à mourir.

/ Du même auteur /

Alors qu'il se retrouve avec le cadavre d'un inconnu sur les bras, Léo-Paul est saisi d'une idée folle : le maintenir artificiellement en vie grâce à son téléphone portable. Travail, famille, amis, à l'aide de l'appareil, il se substitue peu à peu au défunt, annonce qu'il prend ses distances et ne donnera plus de nouvelles, sinon par messages. Mais il n'est pas facile de « faire le mort ». L'exercice est périlleux et les risques sont grands. Surtout lorsque le disparu a une femme ravissante et des ennemis bien mal intentionnés…

Comédie policière savoureusement immorale, *Le Portable* se joue de notre addiction à cet objet qui sait tout et trop de nous. En s'immisçant dans l'intimité d'un autre, on peut le sauver, le venger, détruire sa vie et même en profiter pour la lui voler.

Conception graphique et réalisation
Anne-Marie Bourgeois/m87design

Achevé d'imprimer
sur Roto-Page
par l'Imprimerie Floch à Mayenne,
en décembre 2023

Dépôt légal
janvier 2024

Numéro d'imprimeur
103735

Édition n° 1

Imprimé en France

#lisez engagé!
www.lisez.com
Pour plus d'information :
Imprimé sur du papier issu de forêts gérées durablement.